Klabund

Pjotr
Roman eines Zaren

I0599282

CLASSIC PAGES

Klabund

Pjotr
Roman eines Zaren

Reihe: *classic pages*

ISBN: 978-3-86741-522-4

Auflage: 1
Erscheinungsjahr: 2010
Erscheinungsort: Bremen, Deutschland

© Europäischer Hochschulverlag GmbH & Co KG, Fahrenheitstr. 1, 28359 Bremen (www.eh-verlag.de). Alle Rechte beim Verlag und bei den jeweiligen Lizenzgebern.

Cover: Ausschnitt aus einem Gemälde von Alexey Antropov aus dem Jahre 1770

Pjotr
Roman eines Zaren

Pjotr ist geboren.

Don, Dnjepr, Wolga, Oka treten über ihre Ufer.

Schlamm wälzt sich über die Weizenfelder, und viele Menschen ertrinken.

Winterblumen neigen gebrochen ihre Häupter.

Die Haselmäuse pfeifen vor Angst. Der Wind nimmt ihre Pfiffe und bläst sie mit dicken Backen zu Posaunentönen auf, bis sie kreischend zerplatzen.

Die Bäume weinen Harz.

Auf tanzenden Eisschollen segeln erfrorene Schwäne. Ihre grünen Augen glänzen wie Smaragde.

Frösche treiben, die bläulichen Bäuche nach oben. Ihre Leiber sind durchbohrt von Wasserkäfern, die vollgefressen tot in den Löchern nisten: die braunen Rückenschalen weiß glasiert.

Es hat roten Schnee geschneit.

Auf der Waldai blüht mitten im Winter der Fingerhut.

Feuer fiel vom Himmel aus den Händen Gottes. Tausend Dörfer flammten. Die jungen Störche auf den Strohdächern wurden in ihren Nestern lebendig geröstet. In den Rauch- und Rußwolken strichen die alten Störche und klapperten grell und verzweifelt mit ihren langen Schnäbeln, als klirrten Schwerter aneinander.

Sie suchten ihren Feind und fanden ihn nicht.

Im Himmel saß der und schlief auf seinem Thron aus Lapislazuli. Er selber war anzusehen wie ein Diamant: klar und durchsichtig glänzend. Seine Augen helle Saphire, sein Herz ein dunkelroter Rubin. Um seine fröstelnde Schulter lag wie ein seidener Schal ein Regenbogen.

Sieben Fackeln brannten um seinen Thron.

Im Schlaf hatte er mit steinernem Arm eine Fackel, einen Stern vom siebenarmigen goldenen Leuchter herabgefegt. Prasselnd und funkenstiebend sauste der Meteor durch den ewigen Raum und schlug mit seiner roten blinden Stirn donnernd im Erdboden ein, eine ganze Landschaft entzündend und verwüstend.

Die Popen predigten:

»Wehe denen, die auf Erden wohnen! Die Sonne ist schwanger geworden und hat ein goldenes Kind geboren! Das wird uns peitschen mit feuriger Knute!«

Ein Rudel Wölfe heult nachts vor den Fenstern des Palastes Preobraschensk. Die Diener bekreuzen sich.

Sie wispern:

»Ein Wolfskind ist geboren, ein Wolfssohn. Die Brüder eilen, ihn zu begrüßen.«

Eine alte Wölfin gelangt bis in den Hof und jault hungrig nach den Fenstern des ersten Stockes hinauf. Natalia Naryschkina, die Zarenmutter, erwacht davon aus dem Schlaf. Sie hält den Atem an und lauscht.

Niemand wagt, die alte Wölfin zu töten.

»Es ist ihr Kind,« versichert der alte Kutscher Potapoff, der manches denkt und vieles weiß.

»Wenn man sie umbringt, sind wir alle verloren.«

Die Wölfin wird am nächsten Tag von dem siebenjährigen närrischen Iwan, dem derzeitigen Zaren, halb tot in einem leeren Schilderhaus gefunden. Iwan kriecht auf allen Vieren und bellt die Wölfin böse an, die ihn mit müden, traurigen Augen nachsichtig beglotzt. Sie leckt einen eben geborenen jungen Wolf, der noch nicht aus den Augen sehen kann, aber um sich beißt, als der Kutscher Potapoff ihn an sich nimmt. Potapoff legt ihn einer Hündin bei und zieht ihn sorgsam auf.

Die Sonne tritt aus den Wolken, besieht sich ihr neues Söhnchen, besieht sich Pjotr.

Die Glieder verkrüppelt, die Augen verschmiert, die kleinen Fäuste vor dem zerknitterten Greisengesicht geballt, liegt Pjotr in der Wiege und winselt wie ein junger Wolf.

Er winselt, er weint, weil er geboren ist.

Wie warm und gut war es in jener feuchten, dunklen Höhle, die ihn nun wider seinen Willen ans Licht gespien. Er zittert in der rauen Luft. Er wehrte sich mit Händen und Füßen gegen das Geborenwerden. Das Licht blendete ihn. Er war eine Schale, die rotes, heißes Blut trank, neun Monate lang. Sein ganzer Leib war ein Pokal gewesen.

Er schnappt mit dem Mund wie ein Fisch.

Er hat Durst.

Er weint.

Die Hebamme reicht Pjotr seiner Mutter, der Fürstin Natalia Naryschkina, die blass in blauweiß karierten, wie Gebirge über sie getürmten Kissen liegt.

Die Hebamme hebt ihr die Brust aus dem Hemd. Pjotr krallt sich mit seinen kleinen Fingern darein. Dann beginnt er mit geschlossenen Augen zu schlucken, zu schnaufen, zu grunzen, wie der junge Wolf an den Zitzen der Wölfin.

Die Hebamme wiegt sich in den Hüften.

Natalia Naryschkina lächelt.

Pjotr ist so klein und Russland ist so groß – was wird aus Pjotr werden?

Je je.

Was wird aus Russland werden?

Fürst Galizyn kommt zu Besuch, zugeknöpft, in einem schwarzen Rock, als ginge es zum Begräbnis.

»Nun, Natalia Naryschkina, wie geht's?«

Sie muss lächeln.

Seine Brille sitzt ihm vorn auf der Nase. Sie droht jeden Augenblick herabzufallen. Er ist der einzige Mensch in Russland, der eine Brille trägt. Wenn sie ihn sehr liebt, nennt sie ihn: Uhu.

Seine blauen, wässerigen Augen funkeln trübe und unbestimmt.

Sie denkt: der große Liebhaber Galizyn. So sieht mein Liebhaber aus. Der Liebhaber der schönen Natalia Naryschkina. Er gilt als der gebildetste Mensch in Russland. Deshalb habe ich mich in ihn verliebt. Er hat Shakespeare und Dante in ihren Sprachen gelesen. Ich beherrsche nicht einmal die russische Sprache. Aber ich beherrsche – ihn. In Hemd und Brille sieht er übrigens zum Schreien komisch aus. Wie ein Vogel. Wie ein bestimmter Vogel. Wie heißt doch dieser sonderbare Vogel gleich?

Fürst Galizyn, der sich scharf beobachtet fühlt, rückt auf dem Korbstuhl, den die Sträflinge sibirischer Zuchthäuser haben flechten müssen, unruhig hin und her:

»Was haben Sie an mir auszusetzen, Natalia Naryschkina?«

»Nichts, mein Lieber, nichts ... Geh'n Sie einmal an die Wiege – wie gefällt sie Ihnen? Ich habe sie mit lauter hübschen Tieren bemalen lassen: Störchen und Schwänen und Wölfen. – Schauen Sie sich den kleinen Barbaren an. Wem ähnelt er wohl?«

Fürst Galizyn schreitet gravitätisch an die Wiege.

Jetzt weiß sie, wie der Vogel heißt: wie ein Marabu.

Pjotr schläft.

Der Fürst nimmt seine Brille ab und setzt sie Pjotr auf die weiche Nase, die sich einbiegt unter dem Stahl.

Pjotr verzieht im Schlaf weinerlich das Gesicht.

»Ganz der Vater, ganz der Vater.«

Des Fürsten wässerige Augen funkeln vergnügt wie trübe Teiche in der Sonne.

Sie seufzte.

»Dass Zar Alexej Michailowitsch seinen Sohn nicht mehr erlebt hat –wie traurig. Er war ein guter Mensch.«

»Gewiss,« der Fürst stimmte höflich zu, »gewiss. Aber ein guter Mensch: Das besagt noch nicht viel. Wir in Russland sind über gute Menschen ja immer unendlich leicht gerührt und führen das Wort ›gut‹ im Munde wie die Preußen das Wort ›Pflicht‹ und die Franzosen das Wort ›Liebe‹. Die Dämonie des Schicksals wird durch Güte nicht begriffen oder bewältigt.«

»Und Gott – ist Gott nicht gut?«

Sie richtete sich in den Kissen auf. Erwartungsvoll gespannt sah sie auf seine schmalen Lippen.

»Gott ist allgütig, allweise, allmächtig. Und das bedeutet wohl mehr.«

Sie sank in die Kissen zurück.

»Lass mich schlafen ...« Sie drehte den Kopf nach der Wand: »Du machst mich müde, wenn du so gescheit bist.«

Sie drehte den Kopf noch einmal zurück:

»Fürst – vielleicht lebe ich nicht mehr lange. Die Geburt dieses kleinen wilden Menschen, er wog fünfzehn Pfund und hat mir vorher schon schwer zu schaffen gemacht, hat mich arg mitgenommen. Ich habe ihm all mein Blut gegeben. Er hat mich ausgetrunken wie ein kleiner Vampir. Ich habe Sie in meinem Testament als Reichsverweser bestimmt, Fürst. Nehmen Sie sich meiner drei Kinder an. Iwan, der Zar, ist närrisch. Spielen Sie mit ihm Hoppereiter, und verwechselt das Bäumchen, verwechselt das Seelchen. Von Pjotr weiß ich noch gar nichts, als dass er sehr ungestüm sein wird, aber da er der Jüngste ist und mir schon jetzt die meisten Schmerzen verursacht hat, liebe ich ihn mehr als Iwan und Sofija zusammen. Vor allem Sofija lege ich Ihnen ans Herz. Sie ist sechzehn Jahre alt und schon ein Weib. Sie werden sie lieben, wehren Sie nicht ab. Ich kenne Sie. Und Sofija wird gescheit und eitel genug sein, Sie wiederzulieben. Aber sie braucht eine feste Hand.«

Sie griff nach der zarten, eleganten Hand des Fürsten.

»Ich weiß, diese Hand ist klein und schmal. Aber was sie einmal ergriffen hat, das hält sie fest. Halten Sie Sofija, halten Sie Russland fest mit dieser winzigen Hand.«

Der Fürst neigte sich über das Bett und küsste Natalia Naryschkina leicht die Stirn.

Natalia Naryschkina schwebte auf einer weißen Abendwolke zum Himmel. Die Wolke schien ein Schwan, wie er auf Pjotrs Wiege abgebildet war. Er regte majestätisch seine sanften Schwingen. Seine Augen glänzten wie grüne Smaragde.

Weit aufgetan war das kupferne Tor des Himmels. An der Pforte stand ein Engel in einem Zobelpelz, eine weiße Lammfellmütze auf dem Kopf. Er neigte sich, die Arme über der Brust gekreuzt wie ein Leibeigener. Schon stand ein mit zwei geflügelten Schimmeln bespannter Schlitten bereit, Natalia Naryschkina über die Schneefelder des Himmels zu IHM zu führen, der wie ein Eisberg kristallisch und kühn auf dem Polarstern thront. Sein Stuhl ist aus Lapislazuli. Seine Augen sind helle Saphire, sein Herz ist ein dunkelroter Rubin, der durch seine diamantne Brust leuchtet. Im kühlen roten Licht seines Herzens vergeht und schmilzt alles dahin wie Schnee im Frühlingswind: Gut und Böse, Hass und Liebe, Glück und Schmerz.

Natalia Naryschkina wollte die Lippen öffnen. Er aber wusste schon alles, was sie getan, gedacht, gewollt. Er nahm ihren Willen für Vollendung und ihre Untaten für nicht getan. Dass sie Alexej Michailowitsch betrogen – er rechnete es ihr nicht an. Dass sie den Fürsten Galizyn geliebt: Er war darüber froh und beglückt. Väterlich zog er sie an seine Brust. Wie wohl das tat: diese Kühle nach all dem Fieber. Diese Ruhe nach all der Unrast.

Da fielen ihr die Kinder ein.

Er schob mit seiner steinernen Hand die Wolken auseinander: Da sah sie unten auf der Erde ihre drei Kinder. Pjotr schlief in der Wiege und verzog im Traum sein Gesicht. Iwan lag in einer Hundehütte und bellte. Sofija blickte dem Fürsten Galizyn über die Schulter, der nachdenklich an einer lateinischen Trauerode auf den Tod der unvergleichlichen Natalia Naryschkina feilte. Er markierte mit dem Gänsekiel den Takt der Verse:

˘˘‒˘˘‒˘˘‒˘˘‒˘˘‒˘˘

»Das sind Daktylen. Oder sollte man lieber den Anapäst wählen: Was meinen Sie, Sofija?«

Sofija blickte hilflos zu ihm nieder. Daktylen? Anapäste: Was ging das sie an? Waren das Leibeigene, die man peitschen, Untertanen, denen man befehlen konnte? Ach, Daktylen, sie glitten leicht und sinnlos dahin wie die Wellen der Wolga.

»Ich glaube, Fürst, Daktylen passen sehr gut für die arme Mama. Sie hatte so etwas Gleitendes, Schwebendes wie diese Verse, die Sie mir eben vorlasen und die ich nicht verstehe. Ich verstand übrigens auch Mama nicht. Wenn ich einmal gestorben sein werde, können Sie es bei Ihrem Trauercarmen auf mich ja einmal mit Anapästen versuchen. Die klingen härter, männlicher.«

Der Fürst:

»Sind Sie denn ein Mann, Sofija?«

Sofija blickte trotzig ihm auf die Stirn.

Pjotr wurde im Kinderwagen vorübergefahren.

Er heulte wie ein Wolf.

Die Amme zog entschuldigend die Schulter schief:

»Er schreit Tag und Nacht und ist nicht zur Ruhe zu kriegen.«

Sofija sah zum Fürsten hinüber:

»Vielleicht gelingt es mir einmal, ihn stumm zu machen.« –

Sie ging. Der Kies knarrte unter ihren festen, harten Schritten.

Der Fürst sah ihr tief erschrocken nach.

»Dieses Kind hat entsetzliche Pläne. Werde ich es zu bändigen wissen?«

Er sah zum Himmel empor, wo Natalia Naryschkina an der Brust des weißen Herrn lag und auf ihn niederblickte.

»Hilf mir, heilige Natalia!«

Eine Träne tropfte aus ihrem Auge.

Über Preobraschensk begann es zu regnen.

Nach zwei Jahren befällt Pjotr eine plötzliche Lähmung.

Seine Beine müssen geschient werden.

Der alte Kutscher Potapoff schüttelt bedenklich sein Haupt. Es geht ihm ganz wie Ilja, dem gewaltigen Sohn des Bauern Iwan, dem Helden von Kiew. Dreißig Jahre konnte er sich nicht bewegen, weder Hände noch Füße regen, saß unbeweglich auf einem Fleck. Bis der fremde Pilger eines Tages zu ihm trat und sprach: »Steh auf!« – da konnte er stehen – »Geh!« – da konnte er gehen. »Nimm dieses Schwert und bekämpfe die Drachen- und Schlangenbrut!« Und er gab ihm das Schwert, das einst der Engel Gabriel gegen Luzifer geschwungen hatte. »Kämpfe damit! Aber nenne deinen Feinden nie deinen Namen. Zeige dein Angesicht, aber verbirg dein Herz unter einem eisernen Panzer. Seinen Namen nennt nur der Besiegte. Sein Herz zeigt nur der Tor. Der Held kämpft namen- und herzlos. Wer den Namen seines Gottes vor seinen Feinden ruft, der gibt sich aus der Hand.«

So sprach der alte Kutscher Potapoff.

»Pjotr mag dreißig Jahre ruhig gelähmt bleiben. Ich habe keine Angst um ihn.«

Pjotr genas ebenso plötzlich, wie er erkrankt war. Und war er früher ein schwächliches, zartes Kind gewesen, so wuchs er jetzt zu einem jungen Bären heran, der sich mit Potapoffs Wolf herumbiss. Einmal muss Potapoff den Wolf aus Pjotrs Klauen retten. Pjotr hätte ihm sonst die Kehle durchgebissen. Dagegen rettete Fürst Galizyn Pjotr eines Tages durch einen glücklichen Zufall aus ernstlicher Lebensgefahr. Er fand den närrischen Iwan am Bett des schlafenden Pjotr. Iwan zückte einen Dolch in seiner Hand. Der Fürst entwand ihm das Messer. Er betrachtete es aufmerksam. Er zog die Stirn in Falten und schob die Brille von der Nase, wie er zu tun pflegte, wenn er nachdachte. Endlich besann er sich, wo er den Dolch schon einmal gesehen hatte. In Sofijas Händen. Sie hatte damit gespielt und ihm das Messer zum Scherz auf die Brust gesetzt. –

»Du hast das Messer Sofija gestohlen?« fragte der Fürst.

»Nein,« sagte der Idiot mit einem bösen Blick, »Sofija hat mir das Messer gegeben, und darum hast du kein Recht, es mir zu nehmen.«

»Troll dich«, schrie der Fürst. Er zitterte vor Aufregung, die Brille klirrte auf den Mosaikfußboden, der den letzten Kaiser von Byzanz zeigte.

Der Idiot schlich mit geducktem Kopf von dannen.

An der Tür bleckte er noch einmal die Zunge heraus.

Der Fürst ging Sofija suchen. Er begegnete ihr im Hof, wie sie gerade von ihrem Nachmittagsritt heimkam. Sie sprang vom Pferd, warf ihm die Zügel über, gab ihm einen Schlag mit der flachen Hand und ließ den Rappen allein zum Stall traben.

Sie schlug dem Fürsten mit der Reitpeitsche leicht über die Schulter.

Er zuckte zusammen. Sein weiches, kindliches Gesicht versuchte sich männlich zu straffen.

»Lassen Sie die Kindereien, Sofija –«

»Oh, das war gar keine Kinderei, Andrej. Ich schlug Sie nur – weil ich Sie liebe. Lieben Sie mich ebenfalls?«

Sie spitzte ihren Mund wie eine Haselmaus und schien ihn hier im Hof öffentlich zum Kuss herauszufordern.

Der Fürst wurde ärgerlich.

»Ja, ich liebe Sie ebenfalls. Glühend. Leidenschaftlich. Aber doch nicht bis zu jenem Wahnsinn, den Sie vorzuhaben scheinen.«

Er zog den Dolch aus der Rocktasche:

»Kennen Sie dieses Messer?«

Sofija erblasste leicht:

»Zeigen Sie her. – Allerdings. Es pflegt zu meiner persönlichen Verteidigung auf dem Nachttisch an meinem Bett zu liegen. Man muss es mir entwendet haben.«

»Lügen Sie nicht, Sofija.«

Sofija biss die Zähne zusammen. Sie stampfte mit dem Fuß auf.

»Sie haben sich einen sonderbaren, einen Ihrer wenig würdigen Kavalier erkoren, Sofija. Er versuchte, Sie auf eine wunderliche Art zu beschützen. Was haben Sie sich dabei gedacht, Sofija?«

Sofija lockerte die Zähne. Sie scharrte mit dem Fuß wie ein Hahn, der nach Würmern sucht. Dann sah sie den Fürsten blitzend an. Er erschrak vor dem Strahl dieser Augen.

»Ich liebe Sie, Andrej. Sie haben mir die Liebe und das Leben erst gezeigt.«

Der Fürst streichelte ihren mit einem ledernen Handschuh bekleideten rechten Unterarm.

»Vielleicht, Sofija. Aber mehr als mich lieben Sie ein anderes: die Macht.«

»Ja,« jubelte Sofija auf, »ja, ich liebe die Macht. Ich will herrschen. Ich will Zarin sein. Du sollst der Zar werden. Der Narr kümmert uns nicht. Aber Pjotr steht uns im Wege. Lass ihn töten, Andrej, töte Pjotr!«

Sie war unter Tränen vor ihm niedergesunken und umklammerte flehend seine Knie.

Die Geisteskrankheit Iwans war von einem Konsortium europäischer Ärzte als unheilbar erklärt worden. Ein Ukas des Reichsverwesers, Fürsten Galizyn, verkündete es dem Volk. Das freilich sah darin nur die Machenschaft einer Hofkamarilla und wollte an Iwans Wahnsinn nicht recht glauben. Man sah den Achtzehnjährigen zuweilen hinter den Gartengittern im Park von Preobraschensk gemessen, verträumt und nachdenklich Spazierengehen. Er trug über einer weißen gestärkten Halskrause ein unnatürlich bleiches, engelhaft schönes Gesicht. Je mehr sein Gehirn zerfiel und zerblätterte, desto milder wurden seine ehemals wilden Sitten, und schließlich verliebte sich noch in ihn die gesamte männliche und weibliche Dienerschaft des Schlosses, die sich früher über ihn lustig gemacht oder ihn verachtet hatte.

»Du siehst,« sagte Fürst Galizyn, »wie du dich getäuscht hast, meine Liebe. Der Narr ist ein viel gefährlicherer Nebenbuhler für dich als dieser bärbeißige Bursche Pjotr. Vielleicht ist der Idiot sogar gescheiter als der vernünftige Pjotr. Vielleicht sogar gescheiter als wir. Wer weiß. Was machen wir nun mit Pjotr? Schade, dass er nicht als Bauer geboren ist.«

»Nun,« meinte Sofija ein wenig hinterhältig und spielte mit einer Bernsteinkette, die ihr um den Hals hing, ein Geschenk des Fürsten, »erziehen wir ihn als einen Bauern. Das wird ihm am gesündesten sein und am meisten wohl tun. Was braucht er als zukünftiger Zar schon viel zu lernen? Ich habe auch nichts gelernt und regiere ganz passabel.«

»Nun, nun,« der Fürst lächelte, »sollte sich das nicht so glatt erledigen, weil ich einiges gelernt habe? Lesen und Schreiben muss der zukünftige Zar wenigstens lernen. Was soll Europa sonst von uns denken, dessen Blicke erwartungsvoll auf uns gerichtet sind?«

Der Fürst schlug ein scherzhaftes Pathos an.

Sofija kräuselte die Stirn:

»Ach was – Europa. Seine Blicke sind gar nicht auf uns gerichtet. Denn es ist ein blindes, altes Huhn. Jawohl,« wiederholte sie, als der Fürst schallend zu lachen begann, »Europa ist ein blindes, altes Huhn. – Küsse mich, Andrej.«

»Und Russland?« er küsste sie zärtlich auf die unnatürlich roten Lippen – »was ist dann Russland für ein Vogel?«

»Ein Adler!« – Sofija breitete die Arme aus wie ein Raubvogel seine Schwingen, ehe er auf seine Beute niederstößt.

Der Fürst, halb für sich:

»Auch ein junger Adler wie Pjotr muss einiges lernen: nicht aus dem Nest zu fallen, ruhig und sicher zu schweben, den Feind von Weitem zu erkennen, den Tod im Kampf und auch den Opfertod für seine Sippe nicht zu fürchten. Man wird ihm das beibringen müssen.«

Sofija ließ ihre Arme unwillig niederfallen.

»Was du immer mit Pjotr hast. Ich glaube, du liebst ihn, nicht mich. So lehre mich doch das Fliegen!«

Sie flog an seine Brust.

Der preußische Leutnant außer Dienst Felix Timmermann wurde dem jungen Pjotr als Gouverneur beigegeben. Pjotr lernte notdürftig Schreiben und Lesen und Deutsch radebrechen. Zu einer orthographisch richtigen Schreibweise hat er es nie gebracht. Rechnen und Geometrie lagen ihm schon besser. Darin vermochte auch Timmermann, ein begabter Mathematiker, ihn eher zu fördern. Seine Lieblingsfächer aber waren Militärwissenschaft, Nautik und Geschichte, die Timmermann selber nur mäßig beherrschte. Immer wieder aber musste Timmermann ihm von Hannibal, von Cäsar, von Alexander dem Großen erzählen. Timmermann, dessen Kenntnisse auf sehr schwachem Grunde ruhten, schmückte die Biographien seiner Heroen, als er sah, wie sein Zögling sich an ihnen entzündete, mit eigenen Zutaten grell und phantastisch aus. Alexander der Große, der schon eher den Beinamen »Alexander der Ungeheuerliche« verdient hätte, gelangte in seiner Geschichtsstunde weit über Indien und China bis zu einem imaginären Land, wo das bis dahin unbezwungene Volk der Riesen hauste. Alexander erschlug mit eigener Hand siebentausend Riesen und heiratete, nachdem er im Zweikampf auch den König der Riesen wie einen wilden Eber erlegt, des Riesenkönigs Tochter, von der er noch in der Hochzeitsnacht heimtückisch mit einem giftgetränkten Hemd umgebracht wurde aus Rache für die Vernichtung ihres Volkes. Der gute Timmermann geriet hier unbedenklich in die Herkulessage hinein.

Pjotrs Augen aber glänzten, seine Wangen glühten.

»Und?« fragte er leidenschaftlich – »und?« Und der brave Timmermann steigerte sich zu immer kolossalischeren Heldengemälden.

Nebel lag über Preobraschensk, das Pjotr mit einem kleinen Hofstaat nunmehr allein bewohnte. Die Regentin Sofija und der Reichsverweser Fürst Galizyn hatten das Stadtschloss in Moskau bezogen.

Pjotr sah in den Herbst hinaus. Er war ein ungeschlachter Bursche geworden, der mit seinen Gliedern nicht wusste wohin. Sofija und Galizyn ließen ihn verwildern.

Er knirschte mit den Zähnen. Oh, er fühlte das ganz genau, er wusste instinktiv um den Hass seiner Schwester Sofija. Er würde ihnen aber einen Strich durch die Rechnung machen, wenn sie es sich am wenigsten versähen. Ihre und seine Rechnung: Die gingen verschieden auf. Sie addierten nur. Er aber wollte multiplizieren, ja potenzieren. Er wollte seine Fähigkeiten in die x-te Potenz erheben. Wenn sie es auch nicht wollten und ihm entgegenarbeiteten: Er wollte etwas aus sich machen wie Cäsar und Alexander der Große. Pjotr der Große würde es einst heißen. Sie aber nur Sofija die Kleine und Galizyn der Winzige. Alexander hatte mit Riesen gekämpft. Waren Sofija und Galizyn Riesen? Pah: Zwerge waren es, er reckte seine Glieder, mit denen wollte er schon fertig werden.

Die kahlen Bäume draußen im Herbstnebel schlenkerten ihre Äste wie Arme. Sie schienen wie Skelette, die sich tanzend bewegten. Der Wind pfiff ihnen zum Tanz auf.

Pjotr drückte sein breites, rotes Gesicht glatt an die Scheiben:

Dieser Baum wäre so übel nicht für Galizyn – und jener für Sofija. Wenn ich sie nicht hänge, hängen sie mich. Das ist der Lauf der Welt. Hat sich Alexander besonnen, als er siebentausend Feinden eigenhändig den Kopf abschlug?

Pjotr hob den rechten Arm wie ein Schwert, da steckte Timmermann den Kopf zur Tür herein.

»Treten Sie nur näher, Timmermann, Ihnen will ich den Kopf nicht abschlagen. Was wünschen Sie?«

Timmermann hatte zwei Säbel unter dem Arm.

»Kommen Sie, Prinz. Wir wollen heute mit dem Säbelfechten beginnen. Gehen wir in den oberen Saal.«

Einige französische Schneider kamen aus der Hauptstadt. Pjotr verwunderte sich sehr. Fürst Galizyn hatte sie gesandt. Sie nahmen ihm Maß zu prunkvollen und prächtigen Festgewändern aus Seide, Damast und Atlas und vermochten, als er sie um Aufklärung ersuchte, nur mit den Achseln zu zucken. Seine Hoheit der Fürst habe sich herabgelassen, ihnen diesen Auftrag zu erteilen. Wozu und warum – sie bedauerten, keine Antwort erteilen zu können, da sie keine wussten. Bald erschien auch ein deutscher Schuster, der ihm feine Saffianschuhe anpasste.

Timmermann erwies sich als nicht orientiert. Pjotr hatte allerlei Vermutungen, von denen ihn keine befriedigte. Sollte er auf einem Hoffest offiziell eingeführt werden?

Die Schneider kamen noch einmal zur Anprobe und empfahlen sich, ihre Künste eitel selbst bewundernd, mit vielen entzückten Ahs und Ohs.

Fürst Galizyn fuhr eines Tages in großer Gala vor. Er wählte unter den neuen Kleidern das schönste und prunkvollste aus Goldbrokat und ließ es Pjotr auf der Stelle anlegen.

Er umschritt ihn mehrmals prüfend.

Wie der Henker sein Opfer, dachte Pjotr. Was hat er mit mir vor?

Dann hieß der Fürst ihn einsteigen. Timmermann, ebenfalls in großer Uniform, saß hinten auf. Potapoff kutschierte. Nun kutschiere ich Ilja, den großen Helden von Kiew. Heil! Zeige dein Angesicht, aber verbirg dein Herz unter dem goldenen Brokat. Die Fahrt beginnt. Glückauf!

Im Moskauer Kreml empfing ihn Sofija in weißem Atlas. Sie stand oben auf der Freitreppe. Er sah sie seit Jahren wieder zum ersten Mal. Sie schritt die Freitreppe hernieder. Wie schön sie war! Der Fürst half ihm aus dem Wagen. Sofija verneigte sich vor ihm. Er errötete, war verwirrt und wusste nichts zu sagen.

Sie fuhren in silberner Staatskarosse zur Metropolitankirche.

Adrian, der Patriarch, empfing ihn, weihte und segnete ihn.

Iwan war gestorben.

Pjotr wurde, sechzehnjährig, zum Zaren ausgerufen.

Er stand im grellen Mittagslicht auf der Terrasse vor der Kirche und sah hinab auf das wogende Volk, das Mützen, Blumen, Schals, Jacken, Tücher unaufhörlich in die Luft warf und schrie:

»Lang lebe Zar Pjotr!«

Sofija nahm ihn bei der Hand und führte ihn bis vorn an die Estrade.

Da wurde er plötzlich sich seiner bewusst.

Er riss sich von Sofija los, sprang auf die Estrade selbst, warf seine Fellmütze in die Luft und brüllte:

»Es lebe Russland!«

Sofija war zurückgetaumelt.

Der Fürst wiegte seinen Vogelkopf hin und her.

Der Patriarch hielt die Hände betend gefaltet.

Das Volk tobte und raste vor Jubel.

Dieses Volk beschloss Pjotr kennenzulernen.

Heimlich zuweilen entwich er aus Preobraschensk in der Tracht eines Gärtnerjungen.

Er mischte sich unter Knechte, Händler, Bauern, Arbeiter, fremde Matrosen. Er lernte von ihnen das Saufen und Raufen, das Fluchen und Gott und den Teufel suchen. Er war bärenstark. Ungern band und bändelte man mit ihm an.

Er lernte die Weiber kennen.

Seine erste Geliebte war eine braune schmutzige Zigeunerin, die ihm aus der Hand wahrsagte.

»Brüderchen,« sagte sie lachend, »du hast mir einen Silberrubel geschenkt, aber ich muss dir trotzdem die Wahrheit sagen: Du wirst einmal ein großer Verbrecher, ein großer Räuber wie Stenka Rasin, ein großer Mörder wie Iwan der Schreckliche. Ja, Brüderchen, sogar ein Mörder wirst du. Denk' an mich, wenn es soweit ist. Armer kleiner Pjotr, man wird dich einmal ›Pjotr den Furchtbaren, Pjotr den Besessenen‹ nennen. Denn du bist besessen von allen guten und bösen Dämonen, vom heiligen und unheiligen Geist, von Gott und dem Teufel.«

Seine zweite Geliebte war ein junges, zartes, fünfzehnjähriges Geschöpf, die Tochter eines Branntweinwirtes.

Er liebte sie zu heftig.

Sie ertrug seine Liebe nicht.

Sie starb daran.

Sofija fuhr dem Fürsten schmeichlerisch über die Stirn.

»Du bekommst schon Runzeln, Liebling. Du musst etwas für dich tun, für dich und deinen Ruhm, ehe es zu spät ist.«

Der Fürst schob die Hornbrille zurecht und klappte die »Ilias« zu, in der er gelesen hatte.

»Mein liebes Kind, Dank für deinen freundlichen Hinweis auf mein beginnendes Alter: Aber ich lese lieber von kriegerischen Taten, als dass ich selbst welche verrichte. Was sollte ich alter Mensch auch noch mit Krieg und Kriegsruhm anfangen? Mars ist nur ein Druckfehler für Mors. Ich sonne mich an deiner Jugend, an deinem Ruhm. Ich denke, mag die Jugend handeln.«

Sofija ließ nicht nach.

»Da unten in unserem Reiche liegt irgendwo die Krim. Ein Chan, der uns Untertan und tributpflichtig ist, soll wider uns rebellieren. Du musst den Aufstand niederwerfen.«

»Eine lächerliche Idee, Kind. Lass ihn rebellieren. Russland ist so groß, wir merken ja gar nichts davon. Er oder sein Nachfolger wird schon wieder zur Besinnung kommen.«

Sofija schmollte:

»Du hast keinen Sinn für Heldentum.«

»Doch, Kind, doch, aber für unnützes Heldentum nicht.«

»Dann ziehe ich selbst in den Krieg. Willst du mir die Strapazen eines Feldzuges zumuten?«

Sie zwirbelte an seiner Stirnlocke.

»Du bekommst übrigens schon weiße Haare, silberweiße Haare wie ein Lämmchen.«

Der Fürst seufzte:

»Du wirst keine Ruhe geben, bis das Lamm von den Füchsen der Krim nicht zerrissen ist. Also gut, ich werde die Tartaren bekehren.«

»Timmermann,« sagte Pjotr, »heute ist Sonntag, der Tag des Herrn, nicht der Tag der Knechte. Ich will nicht in die Messe gehen und einen dreckigen Popen die heiligen Gefäße und die reine Liturgie des Chrysostomus verunreinigen sehen. Ich will nicht hundert und aber hundertmal, wie von meinem Vater Alexej die Sage geht, das Knie vor den bunten Bildern beugen. Ich will aufrecht meinem Gott gegenübertreten und sagen:

»Hier ist Pjotr, dein Sohn, Väterchen. Er will versuchen, deiner nicht unwert zu leben und zu arbeiten. Hören Sie, Timmermann: zu arbeiten. Fünfzehnhundertmal sich bekreuzen und drei Stunden in der Messe stehen, das ist keine Arbeit. Meine lieben russischen Brüder halten Faulenzerei für die gottwohlgefälligste Tugend. Diese Faulheit muss ihnen ausgeprügelt werden. Russland braucht Handwerker, die ihr Hand- und Seelenwerk verstehen. Auch die Dworjanje müssen endlich etwas lernen: zu reiten, zu streiten, zu leiten. Neulich verlor mein Pferd unterwegs ein Eisen. Ich habe keinen Schmied gefunden, der es recht hätte beschlagen können. Ich habe es selbst in einer Schmiede beschlagen müssen. Dieser Schmied wusste dann bei einem Glase Kwaß die amüsantesten Geschichten von Gott und der Welt zu erzählen, dass ich mich bog vor Lachen. Aber ein Pferd beschlagen: Das konnte er nicht. So sind die Russen. Sie können alles – nur nicht das, was sie können sollten und müssten. Unsere Bauern wissen nicht Egge und Pflug zu führen, sie können guten von schlechtem Ackerboden nicht unterscheiden. Sie bauen immer gerade soviel an, als sie in guten Erntejahren für sich und ihre Familie brauchen. Wenn ein schlechtes Erntejahr kommt, verhungern und verrecken sie natürlich, dumm und gottergeben. Sie säen Korn in den Wald und pflanzen Obstbäume in ein Haferfeld. Russland braucht Arbeiter, Arbeiter, Arbeiter. Aber nicht solche, die so heißen, sondern solche, die so sind. Sechsundzwanzig Stunden am Tag muss jeder arbeiten, sonst kommt Russland nicht hoch. Russland braucht eine Flotte und Matrosen, die sie zu führen wissen. Das Meer liegt offen da. Wir müssen bei Holländern, Engländern, Venezianern in die Schule gehen. Russland braucht ein Heer, Offiziere und Soldaten. Der Militärdienst muss auf alle Klassen der Bevölkerung ausgedehnt werden. Frankreich und Preußen müssen uns Vorbild sein. Die Erde liegt offen da. Jetzt haben wir einen zusammengelaufenen Haufen Bewaffneter, von denen nur ein Bruchteil alte verrostete Gewehre trägt, mit denen er nicht einmal umzugehen weiß, die meisten aber haben nur Keulen, Sensen und Messer. Versteht einer was von Strategie? Drauflos! lautet im Ernstfall die Parole, der Tausende nutzlos zum Opfer fallen. Es gibt ja genug Menschen in Russland. Aber soviel wir sind: Was vermögen wir gegen Schweden? gegen Polen? gegen die Türken? Perser? ja, auch nur gegen aufständische, schlecht bewaffnete Tartaren? Nichts, weil wir ein Nichts sind.«

Pjotr hatte sich in Wut geredet.

»Mein Vater hat die Juden aus dem Lande gejagt. Ich halte das für einen schweren Fehler. Sie waren der Sauerteig im russischen Brot. Sie waren wie Schmeißfliegen um uns schwerfällige Hengste. Aber es war recht so. Sie ließen uns nicht zur Ruhe kommen. Wir schlugen wenigstens hin und wieder aus. Jetzt haben wir auch das verlernt und dösen so im Stall dahin. Timmermann, auch die Juden hatten ihre Helden. Heute ist Sonntag. Lies mir aus ihrem Heldenbuch, dem alten Testament. Lies mir von den Makkabäern!«

Pjotr warf sich auf ein Eisbärfell am Boden und kreuzte die Arme unterm Schädel. Timmermann stand am Stehpult wie der Prediger auf der Kanzel und las:

»Und Judas Makkabäus kam an seines Vaters Stadt. Er zog in seinem Harnisch wie ein Held und schützte sein Heer mit seinem Schwert. Er war freudig wie ein Löwe, kühn wie ein junger, brüllender Löwe, so er etwas jagt. Und er hatte Glück und Sieg.«

Da sprang Pjotr auf und brüllte, brüllte wie ein junger Löwe. Er brüllte, dass die Pferde im Stall und die Leibeigenen in den Gesindezimmern unruhig wurden und die Köpfe zusammensteckten.

Und einer, ein Greis von vielen Jahren, wisperte:

»Wenn er nur nicht wahnsinnig wird wie Iwan! Wie Iwan der Schreckliche, wie Iwan der Blödsinnige! Wahnsinn liegt in der Familie, ja«, und er nickte mit dem weißen Kopf, »Wahnsinn und Zarentum: Das ist vielleicht dasselbe.«

Da schlug ihm Potapoff, der Kutscher, mit dem Holzlöffel auf den Mund:

»Er hat schon als Kind Tag und Nacht geschrien und war nicht zur Ruhe zu kriegen. Da half kein Wiegen, Singen und Lullen. So hat Ilja, der Held von Kiew, gebrüllt. Er wird uns alle noch in Erstaunen versetzen. Denn Gabriel schrie so, als er das Schwert gegen Luzifer schwang.«

Pjotr trat, neunzehnjährig, in den Staatsrat.

Sofija präsidierte. Sie wollte auffahren.

Er drückte sie in den Sessel zurück.

Er trug an einem silbernen Wehrgehänge einen kleinen Dolch, zog ihn und nagelte mit einem Faustschlag das Dokument, das Sofija in Händen hielt, auf der eichenen Tischplatte fest.

Auf dem Dokument hatte sich Sofija unterschrieben:

»Selbstherrscherin aller Reußen.«

»Das Dokument ist ungültig. Ich gebe meine Einwilligung nicht zu diesem Mummenschanz. Will Russland sich ewig von Weibern regieren lassen – schweigen Sie, Fürst Galizyn – die Politik vom Fenster ihrer Herzkammer aus machen? Es muss aber ein Fenster in Russlands Wand nach Europa zu geschlagen werden. Man hat mich künstlich dumm gehalten. Aber so dumm bin ich nicht, Ihre Intrigen nicht zu durchschauen, Sofija. Fürst Galizyn, der neue Achill – dass ich nicht lache. Besehen Sie sich doch im Spiegel, Fürst. Der beabsichtigte Feldzug gegen die Chans der Tartaren ist eine eitle Arabeske. Er wird misslingen, denn unsere Adligen sind übermütig und roh, unsere Bürger feige und hinterhältig und unsere Bauern dumpf und dumm. Aber sie sind mir noch die Liebsten, denn ihre Dummheit hat etwas heilig Ahnungsloses. Sie sind dumm, wie Ziegen und Ochsen und Esel dumm sind. Die Ritter aber sind allesamt Donquichotes, die mit ihren von einer langen Ahnenreihe vererbten, verrosteten Lanzen gegen kriegs-gewohnte, gut bewaffnete, wilde Völkerschaften anrennen wollen. Lassen Sie uns an dem Werk, das Russland heißen soll, bescheiden und demütig arbeiten, Achtung vor der geringsten Tat, die vorwärtsbringt, aber Fluch und Gelächter der hohlen Phrase, dem hohlen Kopf. Wer einen hohlen Kopf hat, mag ihn wenigstens als Trommel herleihen.«

Er tippte mit seinem Dolch dem Fürsten leicht auf den Kopf, der sich schon zu lichten begann.

Einige Herren unterdrückten ein unziemliches Lachen.

»Das ist doch Silbenstecherei, Majestät –«

»Aus der leicht eine Dolch- und Messerstecherei werden kann, Fürst. Um eine Silbe hat sich schon allerlei zugetragen in der Welt. Um einer Silbe willen wurde im alten Byzanz ein armer Teufel hingerichtet. Der Kaiser hatte zu seinen Dienern gesagt: Führt den Tropf ab! Sie aber verstanden eine Silbe falsch, was man so wiedergeben könnte: Schlagt ihm den Kopf ab! – und sie schlugen ihm den Kopf ab – was sich dann nicht mehr rückgängig machen ließ. Denken Sie an diese verwechselte Silbe, Fürst!«

Pjotr hob den Kopf und warf ihn drei-, viermal nach verschiedenen Seiten:

»Ich missbillige den Feldzug. Ich will nichts mit ihm zu tun haben.«

Er ging.

Sofija war erblasst.

Die Herren vom Staatsrat sahen ihm mit offenen Mäulern nach.

Fürst Galizyn schloss die Augen, denn ihm war schwindelig geworden.

Den ganzen Tag ging ihm eine Epistel im Kopf herum, die Petrarca um einer Silbe willen an seinen Freund Andreas aus Mantua gerichtet hatte:

»Mich trifft der schwere Vorwurf, eine Silbe,
Die kurz doch sei, hätt' ich als lang gebraucht.«

Der Fürst begann Kriegswissenschaft zu studieren. Er studierte die Schlachten Hannibals, Cäsars, des Prinzen Eugen. Er vergaß, dass sie die Schlachten mit Soldaten geschlagen hatten, nicht mit undiszipliniertem, in Eile zusammengetrommeltem und zusammengepeitschtem Gesindel.

Er zog gegen die Tartaren, aber die Expedition nahm ein klägliches Ende. Die schlecht bewaffneten, schlachtunkundigen Russen liefen vor den Armbrustschützen und Speerwerfern der Tartaren davon, obwohl sie in vielfacher Überlegenheit waren. Fast alle Kanonen wurden ihnen abgenommen. Da die Russen nicht genügend geschultes artilleristisches Bedienungspersonal besaßen, waren die Kanonen nicht einmal in Funktion getreten. Eine einzige Kanone war losgegangen: nach hinten. Sie hatte die eigenen Kanoniere zerrissen.

Um Sofija zu beruhigen, sandte der Fürst die phantastischsten Siegesberichte nach Moskau. Wer konnte schon ihre Wahrheit kontrollieren? Niemand.

»Die ganze Ebene ist mit Leichen dicht besät wie der Himmel mit Sternen«, schrieb er an Sofija. Er verschwieg, dass es die Leichen der Russen waren. – »Wir haben gesiegt, die Burg der Feinde ist genommen, der Chan gefangen, die Rebellen sind bestraft.«

Sofija ließ in Moskau alle Glocken läuten.

Fürst Galizyn hielt einen prunkvollen Einzug als Triumphator über die Krimkosaken und Tartaren. Die siegreichen Truppen, die er zum Einzug brauchte, hatte er vor Moskau erst zusammengestellt. Es war nicht ein einziger unter ihnen, der in der Krim gefochten hatte. Die ruhmlosen Krimkrieger waren verreckt, Tartarenpfeile, Hunger und Pestilenz hatten sie dahingerafft.

Nur langsam sickerte die Wahrheit durch.

Pjotr erfuhr sie von seinem Kutscher Potapoff. Potapoff hatte einen Neffen bei der Krimexpedition gehabt, der mit dem Leben davongekommen war.

Sofija erfuhr die Wahrheit nie. Sie ließ Bronzetafeln mit den Namen der ruhmvoll Gefallenen in der Kathedrale von Moskau aufstellen: zum Gedenken an den unvergesslichen Feldzug in der Krim, der die sieggewohnten russischen Waffen mit neuem, frischem, unverwelklichem Lorbeer umwunden.

Pjotr ließ Potapoffs Neffen kommen und unterhielt sich im geheimen mit ihm. Dieser war ein junger, schlanker, außergewöhnlich hübscher Mensch, Piroggenbäcker seines Zeichens, und hieß Menschikow.

Pjotr zog ihn hinter ein Syringengebüsch.

Er riss ihn an sich und küsste ihn.

»Wie heißt du mit Vornamen?«

»Alexander.«

»Wie Alexander der Große. Ich werde dich groß machen wie ihn, dass auch du Alexander der Große heißen sollst. Bleibe bei mir. Sei mein Freund. Ich liebe dich.«

Der junge achtzehnjährige Mensch war ein wenig verwirrt über den unerwarteten Zärtlichkeitsausbruch des jungen Zaren. Aber er erwiderte seine Zärtlichkeiten.

Später musste er ihm einen ungeschminkten Bericht über den Verlauf des sogenannten Krimfeldzuges geben.

Als Fürst Galizyn, der ruhmreiche Feldherr des Krimkrieges, beim Zaren um eine offizielle Audienz nachsuchte, um ihm persönlich Bericht zu erstatten, weigerte sich Pjotr, ihn zu empfangen. Er schickte Menschikow, den er zu seinem Kammerdiener ernannt hatte, zu ihm und ließ ihm sagen, er verzichte dankend auf seinen Rapport. Der fliegende Wandersmann nach dem Mond sei bei ihm gewesen und habe ihm von seiner Flugreise erzählt und wie man nach dem Mond gelange. Indem man nämlich tausend Vögel zusammen- und sich daranbinde. Er, Pjotr, sei über die Zustände auf dem Mond genügend orientiert, und die in der Krim, die auch nicht viel anders sein dürften, interessierten ihn nicht mehr.

Pjotr suchte sich tausend kräftige und intelligente Burschen aus der Umgegend von Preobraschensk und begann mit ihnen auf eigene Faust zu exerzieren. Er hatte sich durch Timmermann ein preußisches Exerzierreglement verschafft und verfuhr danach. Er ließ die tausend auf seine Person Treue schwören bis zum Tod. Menschikow, dessen außergewöhnliche Schönheit von ebenso großer Intelligenz begleitet wurde, ernannte er zu seinem Adjutanten. Menschikow nahm künftig am Unterricht teil, den der Deutsche Timmermann, seit einiger Zeit auch der Franzose Lefort und der Italiener Fresini ihm erteilten. Er schlief sogar nachts mit Pjotr in einem Zimmer. Und die Küchenmagd Feodorowna, ein dralles hübsches Mädchen, hatten sie beide zusammen.

Die Strelitzen, die alte Zarengarde, die von der Bildung der Leibgarde Pjotrs vernahmen, sandten eine Abordnung von Moskau nach Preobraschensk.

»Entlass deine Leibgarde, Väterchen!« forderte ihr Oberst Zickler, »sie wird dir noch über den Kopf wachsen und dir schwer zu schaffen machen. Wenn du einen persönlichen Schutz brauchst, sind wir nicht dazu da, dich zu schützen, Väterchen?«

Gott schütze mich vor meinen Freunden, die auch die Freunde Sofijas und des Fürsten Galizyn sind, des ruhmreichen Krimkriegers, des neuen Achilleus! dachte Pjotr.

Er ließ seine Leibgarde mit Menschikow an der Spitze vor dem Strelitzenobersten defilieren, der sich den Spitzbart zwirbelte und missmutig in die Staubwolke sah, die der Parademarsch aufwirbelte. Dieser ungeschlachte Bursche verstand Disziplin zu halten. Alle Achtung! Er beneidete ihn um seine tausend Mann und dachte mit gemischten Gefühlen seines Strelitzenregiments, dessen Haupttätigkeit im Saufen, Huren und Würfelspielen bestand und dessen Offiziere eine Armbrust von einer Pistole kaum unterscheiden konnten.

Pjotr ließ die Abordnung mit Kohl, Grütze, Fisch und Met bewirten und schickte sie, ohne ihnen eine Antwort erteilt zu haben, nach Moskau zurück.

Als sie schon fast außer Hörweite waren, schoss er eine Pistole in die Luft ab und schrie dem Obersten nach, beide Hände hohl an den Mund gelegt:

»Ein Gruß an Sofija!«

Es war nach Mitternacht, als Sofija durch die unheimlichen Gänge des Kreml zum Fürsten Galizyn schlich.

Sie setzte sich auf den Rand seines Bettes.

Er hatte ein französisches Bett sich aus Paris kommen lassen und französische Wäsche.

Er richtete sich in seinem seidenen, mit farbigen Tieren, Schwänen und Wölfen und Füchsen bestickten Nachtgewand auf.

An den Wänden hingen Gobelins, Szenen aus dem Liebesleben der griechischen Götter: Leda mit dem Schwan, Zeus und Europa, Amor und Psyche.

Sofija küsste den Fürsten auf die Stirn.

»Ich kann nicht schlafen.«

»Warum nicht, Täubchen?«

Sie stampfte wieder mit dem Fuß wie einst im Hof von Preobraschensk.

»Ich kann nicht schlafen, solange Pjotr mir den Schlaf raubt. Einer von uns beiden muss das Feld räumen. Noch bin ich Regentin. Die Strelitzen sind für mich. Und du?«

Der Fürst küsste ihr schweigend die Hand. Er dachte an die Beleidigung, die Pjotr ihm in der Staatsratssitzung zugefügt, und später, als er ihn nach dem Krimfeldzug nicht empfing.

Sofija ließ die Saffianpantoffeln auf den Fußspitzen tanzen.

»Ich werde mich im Hintergrund halten. Die Strelitzen werden auf Preobraschensk marschieren. Seine sogenannte Leibgarde wird beim ersten Schuss davonlaufen.«

»Bist du davon so überzeugt?«

»Ich bin's und Oberst Zickler ist's auch. Der Zar hat sich durch sein westlerisches Wesen, seine Neigung zu Reformen, seinen Umgang mit Ausländern missliebig gemacht. Russland will schlafen und träumen. Er versucht es aufzuwecken. Kinder, die man aus dem Schlaf schreckt, werden unleidlich. Es wird ein Leichtes sein, die Massen gegen ihn aufzuwiegeln. Man wird ihn erschlagen. Niemand wird es gewesen sein. Ich werde ewig herrschen.«

Pjotr betätigte sich im Park von Preobraschensk als Bombardier. Er hatte eine Kanone neuesten französischen Systems unter den Pappeln aufstellen lassen und knallte in die Landschaft hinein. Äste splitterten, Hühner flogen kreischend auf.

Er war geschwärzt von Pulverdampf.

Da kam ein Mönch den Kiesweg herabgeschritten.

Niemand hatte ihn gemeldet.

Nur Potapoff hatte ihn gesehen und schweigend passieren lassen.

Der fremde Pilger kommt zu Ilja, dem Helden von Kiew! Seine große Stunde hat geschlagen.

Pjotr drehte sich:

»Was willst du, Mönch?«

Der Mönch trat näher.

Seine Augen strahlten herrisch.

Er hob das Kreuz.

Pjotr küsste es.

»Nimm Platz, heiliger Vater –«

Und er wies auf die Lafette.

Der Mönch schüttelte den Kopf.

»Petruschka« – und seine Stimme bekam einen milden Klang, sie war wie gesalbt und geölt – »Petruschka, was siehst du in meinen Augen?«

Pjotr blickte auf.

»Tränen«, sagte er leise.

»Ja, Tränen – Tränen um dich, Tränen um unser geliebtes Russland. Was tust du nur, was lässt du mit dir tun F Du vergeudest dein junges Leben mit albernen Spielereien: Narrenkriegen und Hundehochzeiten. Du schießt hier in die Luft und meinst, dass Gott dir mit seinem Donner antworten werde. Er aber sitzt auf seinem Thron von Lapislazuli und hört den frechen Lärm nicht, weil er dein verachtet. Sieben Säulen aus Edelgestein sind um ihn gestellt: Chalzedon, die Säule der Barmherzigkeit, Onyx, die Säule der Reinheit, Hyazinth, die Säule der Demut, Beryll, die Säule der Weisheit, Jaspis, die Säule der Liebe, Amethyst, die Säule der Hoffnung, Smaragd, die Säule des Glaubens. Es ist nicht eine Säule, die du, wenn du sie auf Erden fandest, nicht gestürzt hast. Du hängst deine besten Gefühle an Dirnen und Lustknaben, jede Nacht bist du betrunken wie ein Stück Vieh und lästerst Gott und seiner frommen Knechte. Hast du dich nicht neulich vor deinen besoffenen Kumpanen anheischig gemacht, den Patriarchen, das Oberhaupt unserer heiligen Kirche, seines von Gott eingesetzten Amtes zu entsetzen und selbst den Heiligen Stuhl zu besteigen? Hast du nicht im Trunk eine schwarze Messe gelesen und die heiligen Institutionen in einem Saufkonklave mit deinen Huren und Hurenknaben verhöhnt? Die heilige Trinität, der du huldigst: Heißt sie nicht Wodka, Kwaß und Met? Wer regiert inzwischen das Reich? Bestechliche Djaken, eitle Bojaren, die ihren Leibeigenen die lebendige Haut vom Leibe ziehen und die Russlandstöchter schänden, als seien es Hündinnen. Du wunderst dich, Petruschka, dass die Strelitzen eine Verschwörung gegen dich angezettelt haben. Ich würde mich nicht wundern, Söhnchen, sondern auch von meinen Feinden lernen – wenn sie recht haben.«

Pjotr warf die Lunte auf den Boden. Sie riss einige Blumen mit sich und grub sie tief in die Erde.

»Ich danke dir, Väterchen, für deinen guten und gutgemeinten Rat. Du hast an mein Herz gerührt und meinen Verstand wachgerufen.

Ich werde die Strelitzen gelegentlich hängen lassen und versuchen, Russland eifriger als bisher zu dienen. Du sollst zum Dank für deine Offenherzigkeit ein Geschenk von mir haben, Mönch.«

Der Mönch wehrte ab.

»Doch, frommer Vater, du hast es verdient, dass ich ebenso offenherzig mit dir verfahre.«

Er trat auf ihn zu, riss ihm blitzschnell die rechte Hand aus der Soutane.

Ein Dolch klirrte zu Boden.

Der Mönch erbleichte.

Pjotr hob den Dolch auf.

Er betrachtete ihn. Er überlegte, wo er ihn schon einmal gesehen hatte. Dieser elfenbeinerne, venezianische Griff kam ihm bekannt vor. Ah, richtig, bei Sofija.

Pjotr lächelte.

»Ich ahnte, dass die Strelitzen und – nun gut – dass die Strelitzen dich gesandt hatten, mich zu ermorden.«

Der Mönch schloss die Augen. Er versuchte, nach innen zu sehen. Aber da war es dunkel wie in einer unterirdischen Höhle.

Er öffnete die Augen und empfand schmerzlich berührt noch immer das Licht und in diesem Licht jenes bäurische Ungetüm:

»Was ich tat, das tat ich aus freiem Willen, von niemandem gefordert, von niemandem gedungen. Ich tat es aus meinem Herzen heraus, weil dieses Herz dich hasst und ewig hassen wird, solange es schlägt.«

Pjotr hörte kaum hin.

»Schon gut. Ich werde sie, meine treuen Freunde und Beschützer, die Strelitzen, aufhängen und vierteilen lassen, sobald ich die Macht und die Gelegenheit dazu habe. Dir schenke ich das Leben, damit du ihnen ihr Schicksal voraussagst. Ganz ohne Strafe sollst aber auch du nicht von mir gehen. Zieh deine Priesterkutte aus. Der heilige Rock darf nicht beschimpft und beschmutzt werden.«

Der Mönch zog den Rock ab.

Pjotr hob seine lederne Knute, die ihm am Gürtel hing, und ließ sie über die nackte Rückenhaut des Mönches sausen.

Der stand aufrecht und schweigend, ohne mit einem Nerv zu zucken.

Als Blut zu fließen begann, hielt Pjotr inne. Er half dem Mönch wieder in seine Soutane.

»Segne mich, heiliger Vater.«

Und der geprügelte und geschundene Mönch segnete ihn ohne Bitterkeit und ohne Rückhalt.

»Geh, Väterchen!«

Und Pjotr tätschelte ihm ein wenig unbeholfen und zärtlich die raue Wange.

»Wenn ich einmal einen tapferen, ehrlichen Priester, keinen Pfaffen, brauche, werde ich dich rufen lassen. Wie heißt du?«

Der Mönch verneigte sich: »Golowin.«

Pjotr ruft holländische und englische Matrosen, französische Offiziere, deutsche Kaufleute und Handwerker ins Land. Feine Leute, gute Leute, kluge Leute, diese Deutschen. Sie haben Manieren und Moral, langsame abgezirkelte Bewegungen, ihre Leidenschaften werden nach Soll und Haben gegeneinander abgewogen. Sie sind gekleidet in einfache, schlichte Tracht, nicht in dieses schrille Himbeerrot, Giftgrün und Schwefelgelb nebeneinander wie die bunten Russen. Sie sind graue Menschen, in ihre Landesfarben gekleidet: Schwarz und Weiß. Sie betrachten auch die Welt unter diesem Farbenaspekt. Sie kennen nur Schwarz und Weiß, Tag und Nacht, Gut und Böse, Entweder-Oder. Das Sowohl-als-auch, Teils-teils der Russen verabscheuen sie aus tiefstem Herzen. Bei ihnen drängt alles immer zur klaren Entscheidung. Keine Dämmerung und Verschleierung von Tatsächlichkeiten, wie sie über Moskau liegt, in den langen Winterabenden. Handwerker, Schmiede, Gärtner, Maler: entsetzen sie sich vor der klobigen Holzarchitektur der Kirchen, vor ihren zwiebelartigen Türmen. Diese Architektur haben euch wohl die gottverdammten Juden beigebracht. Sie treibt einem ja das Wasser in die Augen. Zum Weinen sind diese Tempel. Nur recht, dass ihr die Juden zum Teufel gejagt habt. Jetzt haben wir sie auf dem Hals. In Deutschland. Was sollen wir mit ihnen anfangen, he? Einen oder zwei kann man als Zauberer verbrennen, einige als Wucherer aufhängen, aber hundert, aber tausend, aber zehntausend?

Bei den Deutschen zu Hause herrscht protestantische Nüchternheit und klare Definition. Die Gotteshäuser sind aus Stein gebaut, kahl, schmucklos, aber dauerhaft, für eine halbe Ewigkeit bestimmt. Diese russischen bemalten Holzbaracken, wie Jahrmarktsbuden der Gaukler anzusehen, sind ja zum Umpusten. Wenn ein Sturm kommt, fliegen sie samt ihren Gläubigen zu Gott empor, wenn sie nicht schon vorher zersplittert oder verfault sind. Wir werden ein wenig Ordnung in das Chaos bringen, denken diese Deutschen. Ruhe und Ordnung. Dafür sind wir bekannt und geachtet in der Welt. Ruhe und Ordnung um jeden Preis. Auch um den der Wahrhaftigkeit.

Sie sind Patrioten, diese Deutschen, und nehmen den Mund überaus voll, wenn sie von Deutschland reden. Übrigens tun sie das in französischer Sprache. Sonderbare Käuze, diese Deutschen. Sie verstehen alle Sprachen der Welt, nur ihre eigne nicht.

Pjotr befahl seinen Woiwoden und Bojaren, aus den fünfzig Gouvernements je das schönste adlige Mädchen nach Moskau zu senden. Er stellte sie im weißen Saale alle in einer Reihe wie Soldaten auf. Dann schritt er die Front der Schönheit ab, blieb hier und da stehen, kniff der in die Wangen oder jener in die Brust, zog einer ändern am blonden Zopf, kniete auch einmal am Boden nieder, um Fuß und Fessel handgreiflich zu prüfen. Er denkt an einen Stall von Stuten. Er schnüffelt in die Luft. Jewdokia Lopuchin riecht am besten. Er wählt sie.

Er hält Hochzeit wie ein Bauer. Er prüft selbst die Roggengarben, die als Unterlage für das Brautbett dienen sollen.

Während des Mahles, das aus Schweinskopf in Himbeersauce und Fasanenpüree bestand, wird Jewdokia von zwei Dienerinnen bei Tisch mit goldenen Kämmen gekämmt und ihr herrliches blondes Haar in zwei Zöpfe geflochten.

Pjotr selbst, schon leicht betrunken, setzt ihr die Brautkrone auf von der sechs Perlenschnüre bis auf die Brüste hängen.

»Trinkt,« schreit Pjotr, »trinkt! Ihr tut ein patriotisches Werk. Der Branntwein ist das Monopol des Zaren.«

Pjotr und Jewdokia treten Hand in Hand auf den geweihten Teppich.

Der Pope, ebenfalls schon angetrunken und von Dienern rechts und links gehalten, dass er nicht falle, segnet das erlauchte Brautpaar.

Pjotr und Jewdokia trinken zum Zeichen des geschlossenen Hausstandes aus einem Glase.

Das fällt zu Boden und zerscherbt.

Alle Gäste sind bestürzt.

Pjotr aber fasst sich.

Er tritt auf die Scherben:

»So möge es allen ergehen, die Zwietracht zwischen uns säen wollen!«

Mädchen und Frauen werfen Hanf- und Flachssamen auf Pjotr und Jewdokia.

Ehe Jewdokia das Brautbett besteigt, wird sie in Milch und Wein gebadet.

Am nächsten Tage hat alles einen Kater. Menschikow schwankt. Timmermann kann nicht aus den Augen sehen. Der Pope, den man vergeblich spätabends noch gesucht hatte, wird bewusstlos unter dem Brautbett hervorgezogen.

Jewdokia sieht sehr blass aus.

Nur Pjotr ist munter und guter Dinge.

Er sitzt vor einem Tisch, der mit sauren Gurken und kaltem gepfefferten Hammelfleisch bestellt ist. Dazu hebt er einen Humpen Kwaß.

Er säuft und frisst und schlägt sich auf die Schenkel vor Vergnügen.

Dann nimmt er ein heißes Bad.

Glühende Steine werden in einen Bottich geworfen. Aus dem heißen Wasser springt Pjotr in den Schnee draußen, wälzt sich darin wie ein Schneehase und taucht wieder in das glühende Wasser.

Der See von Perejaslawel ist von einer Eisdecke zugedeckt. Draußen, hinter Schneewolken, liegt Pjotrs Schiff, mit dem er den Sommer gekreuzt, eingefroren.

Es ist nicht größer als ein großer Ruderkahn und heißt: »Iwan der Schreckliche«.

Pjotr stampft in hohen Stiefeln über das Eis.

Er betritt das Schiff.

Die heiße Stirn an den eisigen Mastbaum gelehnt, stiert er ins Schneetreiben.

Er schläft im Stehen ein.

Als er erwacht, kann er die Finger kaum lösen. Sie sind am Mastbaum angefroren.

Blutend reißt er sich los.

Er steigt in die Kajüte hinab.

Dort liegen seine Hefte mit geometrischen und navigatorischen Berechnungen.

Er setzt sich davor und starrt hinein.

Er beginnt, Schnörkel zu kritzeln.

Aus den Schnörkeln wird der hübsche Kopf der Jewdokia Lopuchin. Er streicht ihn mit zwei Strichen durch, als er ihn erkennt.

Dann malt er weiter: phantastische Linien, Grenzen, Ströme, Gebirgszüge, Meere: ein imaginäres Russland bis weit nach China hinein und vom Schwarzen Meer zum Weißen Meer hinauf bis nach Finnland.

Schiffe brauche ich, hundert Schiffe, tausend Schiffe, eine ganze Flotte. Ich werde sie bauen, ich muss sie bauen.

Armer kleiner Iwan, du Schrecklicher, mit dir kann man niemandem Schrecken und Furcht einjagen.

Der Tümpel von Perejaslawel genügt Pjotr nicht mehr für seine Piratenfahrten.

Er lässt »Iwan den Schrecklichen« nach Archangelsk transportieren.

Die holländischen Matrosen nennen den altmodischen Kahn »Iwan den Gebrechlichen« und schwören darauf, dass er nicht eine Seemeile weit im Weißen Meere laufen, torkeln, schaukeln werde, ohne kläglich zu versaufen.

Pjotr beschließt, das auf einer Insel gelegene Solowezkijkloster zu besuchen und den Gebeinen der dort bestatteten Heiligen seinen Besuch abzustatten und seine Reverenz zu erweisen.

»Iwan der Schreckliche«, wie ein betrunkener Maat schrecklich hin und her schwankend, erreicht mit Mühe und Not den kleinen Inselhafen.

Auf der Rückfahrt setzt ein Sturm ein.

»Iwan der Schreckliche« dreht sich wie ein Karussell.

Pjotr ist verzweifelt.

Er fällt auf die Knie.

Er weint.

Er prügelt die Matrosen.

Er küsst sie.

Er betet.

Er verspricht dem Herrn Jesu Christo ein Kreuz, wenn er aus Seenot gerettet werde. Er verspricht, ihn zum russischen Konteradmiral zu ernennen.

»Iwan der Schreckliche« wird von der Brandung an den Strand geworfen und zerschellt an einem Felsen.

Pjotr und die Matrosen werden wie tote Fische an das Ufer gespült.

Pjotr schnitzt mit eigener Hand ein Holzkreuz und stellt es an der Unskijschen Bucht auf, den Schiffern weit sichtbar. In holländischer Sprache schreibt er diese Inschrift ins Kreuz:

Das Kruys maken Kaptein Piter a. d. 1694.

Die Sommernächte des Nordens waren blau, warm und hell.

Sie hatten ein Schiff mit Südwein gekapert, rollten die Tonnen über die Verdecke, soffen und sangen.

Pjotr schrie den Mond an. Er schwenkte einen Degen und wollte den Mond daran aufspießen.

Menschikow wälzte sich wie ein Igel über das Verdeck. Pjotr und Menschikow hielten sich auf einmal umschlungen und gaben sich gegenseitig weibliche Kosenamen.

Man beschloss, Tauziehen zu spielen.

Pjotr übernahm das Kommando der einen, Menschikow der anderen Partei.

Als die Kräfte sich die Waage hielten, ließen sie das Tau fallen und schlugen aufeinander mit Fäusten, Hacken, Holzschwellen, Sprieten. Blut floss, und ein junger Matrose wurde erschlagen. Er war der Liebling aller gewesen und der Lustknabe Menschikows. Der heulte wie ein Waschweib auf. Alle waren plötzlich nüchtern.

Vier Matrosen nahmen ein Segeltuch, rollten den Leichnam hinein, und während ein Stück gelöst wurde und die Mannschaft salutierte, ließen sie ihn an Stricken ins Meer.

Menschikow fiel ohnmächtig in Pjotrs Arme. Der schüttelte ihn von sich wie ein windbewegter Baum eine Raupe.

Als alle schon schliefen, soff Pjotr noch einsam weiter. Er sang, bis ihm ein Gelächter die Stimme erstickte:

»Scheiterhaufen anzustecken,
Rädern, Köpfen, Henken, Säcken,
Geben uns ein lustig Spiel.
Nas' und Ohren abzuschneiden,
Das geschieht zwar auch mit Freuden,
Dennoch achtet man's nicht viel.«

Pjotr focht mit dem Mond, beschimpfte die Sterne, verfluchte Himmel und Erde, bis er wie ein Schlauch am Boden lag.

Man musste am nächsten Morgen Kübel voll Seewasser über ihn schütten, bis er erwachte und zu sich kam.

Er rief nach dem jungen Matrosen.

Sie sahen weg und schwiegen betreten.

Da kam langsam die Erinnerung wie eine feuchte Schnecke auf ihn zugekrochen.

Er strich sich über die Stirn, warf den Kopf in den Nacken, dass die Sonne in seine Augen brannte, stieg zur Kommandobrücke empor, legte die Hände an den Mund und schrie es der ganzen Flottille zu:

»Klar zum Gefecht!«

Es geht in den Kampf gegen Asow, gegen den roten Halbmond, gegen die Kalmücken, Tartaren und Türken.

Wolga, Oka, Don sind mit kleinen Schiffen besät, die wie Wasserlinsen auf ihnen schwimmen. Gesang ertönt, Flaschenklingen und Gelächter. Zuweilen rennen und rammen zwei Schiffe sich gegenseitig an. Eines oder beide kentern. Einige Menschen ersaufen. Macht nichts, Russland hat mehr von der Sorte. Andere werden unter Gebrüll und Gelächter aufgefischt. Die Fahrt geht weiter. Abwärts. Dem Meere zu. Das jetzt noch von den kläffenden Höllenhunden bewacht wird, einmal aber dem russischen Bären dienstbar sein wird.

Asow hält sich standhaft.

Die Belagerung führen Pjotr und Menschikow durch wie ein Rechenexempel in der Schule. Aber es geht nicht auf. Sie haben sich verrechnet.

Pjotr erfährt, dass er sich auf keinen Menschen verlassen kann als auf sich selbst und allenfalls noch auf Menschikow. Während Pjotr im vordersten Graben Nachtwache hält, desertieren hinten Dutzende seiner Soldaten. Er hat es mit Kindern zu tun, die Soldaten spielen, und die weinen, wenn es blutiger Ernst wird, und schon heulen, wenn es Schrammen gibt. Viele seiner Besten sind schon gefallen. Menschikow erwägt den Gedanken eines Sturmangriffes. Er will die Kerle mit Schnaps anfüllen, um ihnen Mut zu machen, und sie dann gegen die Feinde laufen lassen. Pjotr verwirft den Plan. Zähneknirschend bricht er den Feldzug ab. Er ist geschlagen vor Asow wie Fürst Galizyn seiner Zeit in der Krim.

Asow ist nur vom Meere her zu nehmen. Ich war ein Esel, als ich auf dem Land dahertrottete. Ich brauche Schiffe, reguläre Kriegsschiffe. Die vornehmen Geschlechter müssen die Kontribution für vierundzwanzig große Kriegsschiffe aufbringen, die Kaufmannschaft für die dazugehörigen Bombenschaluppen und Brander. Für das Admiralschiff muss Adrian, der Patriarch, Kirchenschmuck hergeben. Wozu stecken im Leib des heiligen Sebastian Pfeile und Speere aus purem Gold? Was brennen in seinen Wunden rote Rubinen? Rotes Glas täte es auch. Und seine Peiniger gar strotzen von Perlen und Diamanten.

Während in Moskau die Glocken Tedeum läuten, klingt auf der Werft von Woronesk das Klopfen und Hämmern der Schiffsbauleute. Riesige Eichenwaldungen liegen um Woronesk und ertragreiche Eisengruben.

Pjotr selbst fällt Bäume, hobelt, hämmert, glüht Eisen.

Im Mai des nächsten Jahres läuft die Flotte vom Stapel, zum Teil mit Holländern und Deutschen bemannt.

Kein Gesang, kein Flaschenklingen, kein Gelächter, als die Flotte wieder nach Asow aufbricht.

Gespensterschiffe fahren stumm durch den Nebel.

Pjotr steht am Bug seines Admiralschiffes »Iwan« in blauer Schifferbluse.

»Jesus Christus, ich habe dich nicht umsonst zum Admiral meiner Flotte ernannt. Jetzt zeige, was du kannst. Hilf mir und allen Rechtgläubigen gegen die heidnischen Osmanen. Gib Asow in meine Hand, und ich will sie ans Kreuz schlagen, wie du einst ans Kreuz geschlagen worden bist.«

Asow fiel im Juli 1696.

Der Chan und seine zwei obersten Generäle wurden von Pjotr wie Christus und die zwei Schacher ans Kreuz geschlagen.

Pjotr selbst vollzog an ihnen die Speerprobe.

Zum Schrecken der Türken erschien ein russisches Kriegsschiff mit einem Gesandten in besonderer Mission vor Konstantinopel.

Pjotr ließ sich ein Petschaft machen mit der Inschrift: »Ich weiß nichts. Ich kann nichts. Ich will alles wissen. Ich will alles können. Wer mich belehrt, soll willkommen sein.«

Europa soll mich belehren. Auch ist einiges in und durch Europa einzurichten und einzurenken. Sollte nicht eine europäische Solidarität gegen Asien möglich sein? Ein Bündnis mit Venedig und dem Habsburger gegen Tartaren, Türken und Perser?

Pjotrs Reise durch den Kontinent erregte die lebhafteste Anteilnahme Europas. Zum ersten Mal traten die märchenhaften Barbaren von Wolga und Waldai sichtbar in Erscheinung. Die Reise glich bald einem griechischen Trauerspiel: erregte Furcht und Entsetzen, bald einer Molièreschen Komödie, deren Titel hätte lauten können: »Der Großfürst auf Reisen«, bald einem italienischen Mummenschanz, bald einer derben Breughelschen Bauernposse.

Die Russen trugen ellenhohe Pelzmützen und selbst im heißesten Sommer die dicksten Pelze. Sie schleppten unzählige, vielpfundige Heiligenbilder mit sich herum, vor denen sie alle Augenblicke ihre Devotion verrichteten. Sie bekreuzten sich bei jeder Gelegenheit dreimal, und dieses Bekreuzen wurde damals in Europa zur komischen Mode. Ganz Europa bekreuzte sich – nicht zuletzt vor den Russen selbst. Bei den Galatafeln benahmen sie sich äußerst unmanierlich. Sie nahmen das Fleisch mit der Hand von den Schüsseln, spießten es auf die Gabeln auf und führten dann erst diese zum Mund. Den Gebrauch der Betten kannten die meisten nicht. Stellte man ihnen welche zur Verfügung, so warfen sie die Matratzen heraus und schliefen innerhalb der Bettstellen auf dem nackten Boden. Mit dem Leben ihrer Mitmenschen nahmen es die Russen nicht allzu genau. Wer sich nur gering an ihnen verging, wurde sofort mit dem Tode bedroht, ohne dass diese Drohung oder selbst der Totschlag allzu böse gemeint schien. Es gab ja genug Menschen auf der Welt. Einer mehr oder weniger: nitschewo.

Die Russen erwiesen sich in ihren mitgebrachten Gastgeschenken schäbig, knickrig und überaus geizig. Während man sie überall prächtig aufnahm und es ihnen an nichts fehlen ließ, zollten sie ihren Dank mit einigen Pfund Rhabarber, von dem sie viele Zentner mit sich führten, und einigen Schwarzfuchs- und Zobelfellen im Werte von wenigen Rubeln. Ein Hermelinfell: Das bedeutete schon etwas Besonderes und war eine große Ausnahme. Pjotr verschenkte es nur zweimal: der Königin von Holland und einem Köhlermädchen im Harz, das ihm zu Willen war.

Pjotr reiste zuweilen inkognito als Pjotr Alexejiwitsch Michailow.

Er stellte sich in Riga trottelhaft, um die schwedischen Festungswerke besichtigen zu können, wurde aber vom Gouverneur selbst beim Spionieren ertappt und verjagt.

Ingrimmig brummte er: Mit diesen Schweden werde ich noch ein Hühnchen rupfen.

In Königsberg begegnet er dem preußischen Kurfürsten und lässt sich als Geschützmeister ausbilden.

Er macht der Kurfürstin derartige Komplimente, dass sie vor Scham über und über erglüht und sich nicht anders zu helfen weiß, als in Ohnmacht zu fallen.

Am gleichen Abend saß er mit dem Philosophen Leibniz zusammen. Er betrachtete ihn von allen Seiten wie einen Affen, der Kunststücke macht: salutieren, trommeln, Nüsse knacken. Er riss ihm die Allongeperücke herunter und stülpte sie sich selbst auf.

Ein Philosoph müsse einen freien Kopf haben, wenn er denkt und spricht.

Er hatte eine riesige Flasche mit Schnaps vor sich stehen: »Trinken Sie, Leibniz!«

Leibniz trank nicht.

»Sie wollen sich nicht das Blut verdünnen?«

»Zu Befehl, Majestät.«

»Was heißt das: zu Befehl. Lässt sich ein Philosoph etwas befehlen? Seine Gedanken zum Beispiel? Denn was ist das Besondere eines Philosophen? Seine Gedanken doch wohl?«

»Allerdings.«

»Nun – kann man ihnen wie Leibeigenen befehlen? Das sind doch wohl Seeleneigene.«

Leibniz drehte verlegen sein leeres Glas im Kerzenlicht.

»Die Disziplin des Denkens muss preußisch diszipliniert sein.«

Der Zar schrie vor Lachen:

»Russisch geknutet, Leibniz, russisch geknutet! Von der Philosophie will ich nur das sagen, dass ich sah, wie sie von den hervorragendsten Geistern aller Zeiten und Länder gepflegt worden und dass dennoch bis heute noch kein einziger Punkt zu finden ist, der nicht strittig und mithin zweifelhaft und ungewiss wäre. Das hat Descartes gesagt, auch ein großer Philosoph. Prost!«

In Berlin findet zu Ehren des Zaren ein Hofball statt.

Der Brandenburgische Kurfürst kommandierte die Polonäse. Der Zar führte die Herzogin von Mecklenburg, eine zärtliche Blondine. Als die Polonäse sich im Spiegelsaal auflöste, ist der Zar mit seiner Tänzerin nicht zu finden.

Er hatte sie in ein Seitengemach gezogen und ihr hinter einer Portiere Gewalt angetan. Und so stark war er, dass sie sich nicht wehren konnte noch wollte.

Dann hatte er sie verlassen.

Schwer atmend stand sie noch immer im Dunkel hinter der Portiere. Es schauerte sie.

Sie wagte nicht, ins Licht zu treten.

Sie öffnete hinter sich das Fenster, es war Parterre und stieg hinaus.

Das Fenster lag nach der Spreeseite.

Ein Kahn schaukelte sich sacht auf den Wellen.

Sie setzte sich in den Kahn und sah hinab ins Wasser.

So schwarz ist der Tod und so feucht.

Still glitt sie vom Bug in den Fluss und versank. Hechte umspielten sie, Barsche und Stichlinge.

Der Zar aber hatte sie längst vergessen.

Er lag in seinem Zimmer, mit den schmutzigen Stiefeln im damastnen Bett, und dachte, wie er die Preußen gegen die Polen und Schweden ausspielen könne. Auf einer Konsole über dem Kamin drehte sich ein verliebtes Porzellanpaar im Menuett. Er warf mit Kupfermünzen danach, bis es klirrend zersprang.

Dann fiel er in Schlaf und träumte von einer Steppenmaus. Sie hatte ein Gesicht wie die Herzogin von Mecklenburg und pfiff leise.

Er biss ihr den Kopf ab und warf die kleine Leiche auf den Acker.

Raben, die auf einem kahlen Weidenstumpf saßen, flatterten und schnatterten herbei und fraßen sie auf.

Zwei Tage darauf stieg der Zar durch das Ilsetal und die Schneelöcher an den Ilsefällen vorbei zum Brocken empor.

Die Sonne schien.

Die Vögel sangen. Die Ilse rauschte.

Von einem unendlichen Glücksgefühl überwältigt, sank der Zar unter der Brockenkuppe ins Gras.

Unter ihm das weite Land, das deutsche Land, das Russland, unter ihm die ganze Erde, und selbst der Himmel noch tief unter ihm.

Solch einen Berg müsste man in Russland haben. Könnte ich Berge versetzen, hätte ich den Glauben. Aus der russischen Ebene müsste der Berg steigen. Aber sie ist flach wie meine Gedanken und Träume.

Der Zar übernachtete in einer Köhlerhütte.

Des Köhlers Tochter half ihm, die hohen Stiefel auszuziehen.

In Holland tritt Pjotr auf der Werft der Ostindischen Kompanie als Werftarbeiter ein. Er will von der Pike auf dienen. Klaas Wilemzoon lehrt ihn in die Rahen steigen, Segel lösen, beidrehen.

Seine freie Zeit verbringt er beim Anatomen Boerhaave in der Anatomie. Er seziert Leichen, assistiert bei Operationen, lernt schließlich selbst operieren.

Eines Tages wird ihm zum Sezieren die Leiche einer jungen Javanerin gebracht. Er wirft das Messer aus der Hand und bricht in Tränen aus. Er verfällt in eine tolle Leidenschaft zu der schönen Toten, lässt sie mumifizieren und nimmt sie später nach Russland mit.

Während er im Mastkorb sitzt oder ein totes Kind trepaniert, erteilt an seiner Stelle in seiner Wohnung eine große Wollpuppe Audienz.

Die holländischen Juden, die von seinem Vater aus Russland vertrieben worden sind, werden vorstellig, ihnen die Rückkehr zu gestatten.

Die Puppe schweigt.

Mit wehenden Kaftanen, wie klagende Vögel, ziehen die Juden von dannen.

Anstoß erregte es, dass die Russen sich am hellen Tage Tänzerinnen und leicht lockende, leicht zu verlockende Mädchen aus Sing- und Liebesspielhallen kommen ließen und es nicht verschmähten, mit ihnen über die Straße zu gehen.

Pjotr selbst machte bei Gänsen und Vögeln jeder Art nicht viel Federlesen.

Er sprach jede Frau auf der Straße, die ihm gefiel, russisch an. Verstand sie ihn nicht oder wollte sie ihn nicht verstehen, so zeigte er lächelnd einen russischen Goldrubel: seine übliche, kaiserliche Taxe – eine Münze, die sein Bildnis trüg. Dieses Porträt schenkte er jungen, hübschen Mädchen gern, wenn sie sich ihm gefällig erzeigten. Und sie nahmen es lieber, als wenn es von Franz Hals gemalt wäre. Eines Tages sah Pjotr eine junge Netzflickerin am Amsterdamer Hafen. Er wollte sie ihrem Vater abkaufen. Er tat sehr erstaunt, als man ihm klarmachte, dass in Westeuropa die Frau kein Handelsartikel und nicht als Leibeigene verkäuflich sei. Er erklärte liebenswürdig, dass er im Allgemeinen sehr für westliche Reformen eingenommen sei und schon manche in seinem Lande verwirklicht habe, aber die Frage der Frauenemanzipation wolle er sich doch erst reiflich überlegen.

Die Berichte, die Pjotr nach Russland schickte, waren Popanze, für Volk und Hof auffrisiert und grell geschminkt. Er wusste, was er seinen Russen vorsetzen durfte und musste, damit sie Respekt vor ihm behielten. Er ließ unter anderem schreiben, dass Amsterdam drei Millionen Einwohner habe und der Sonne und dem Monde beträchtlich näher gelegen sei als Moskau. Jeder der Einwohner besitze drei Augen: zwei, die in die Gegenwart, eines aber, das in die Zukunft sähe. Das Auge, das in die Zukunft sähe, habe für Russland Krieg und Sieg und Glanz prophezeit. Die größten Sehenswürdigkeiten, die er auf seiner Reise vorgefunden und die er seinem Volk mitzubringen gedenke, da er sie für hundert Hermelinfelle erstanden, seien: das Messer, mit dem sein heiliger Namenspatron Petrus dem Malchus das Ohr abhieb, ein Stück der Dornenkrone Christi, an deren Dornen das Blut des Himmelssohnes verharscht noch sichtbar sei, ein von dem Evangelisten Lukas selbstgemaltes Bild der Madonna, ein Feigenblatt der Menschenmutter Eva, der Mantelzipf des Joseph, der der Madame Potiphar bei seiner heldenhaften Flucht in Händen blieb.

Als die Russen die ihnen in Amsterdam zur Verfügung gestellten Häuser verließen, konnte nach ihrer Abreise wochenlang kein Mensch darin wohnen. Sie sahen wie Sauställe aus.

Pjotr hatte sich in Wien bei einem Festmahl rechtschaffen betrunken, als ihn die Nachricht vom offenen Aufstand der Strelitzen traf.

Er ließ sich einen Kübel Wasser über den Kopf gießen und wurde völlig nüchtern.

Es gelang ihm, mit dem Kaiser und Venedig noch ein dreijähriges Bündnis gegen die Türken abzuschließen und eine Neutralitätserklärung im Falle, dass Russland in europäische Verwicklung geriete, zu erlangen. Dann reiste er heimlich ab.

Er reiste über Warschau, wo er noch eine geheime Zusammenkunft mit König August dem Starken von Polen hatte, die zum Abschluss eines Bündnisses gegen Schweden führte.

Pjotr sauste mit dem Schlitten über die nächtliche Steppe. Der Mond bestreute den Schnee mit grünem opalisierenden Licht.

Pjotr schwang die Peitsche.

Das Fell des Pferdes färbte sich mit roten Streifen. Seine Flanken hoben und senkten sich wie Meer es wellen.

Pjotr atmete schwer.

Ich darf nicht zu spät kommen. Alles steht auf dem Spiel. Mein Leben, Russland. Lauf, Pferdchen, lauf, was du kannst.

Das gequälte Tier sah sich während seines verzweifelten Galopps mehrmals um. Es flehte um Erbarmen und Mitleid. Pjotr hielt sich die Hand vors Gesicht. Er konnte dem Pferd nicht in die Augen sehen.

Ich darf kein Mitleid mit ihm haben. Mit ihm nicht und mit mir nicht.

Erst fern, dann immer näher tönte das heisere Gebell hungriger Wölfe.

Pjotr sah sich um.

Sieh da, meine wilden Brüder.

Über den grünen Schnee huschten schwarze Schatten.

Auch das Pferd hatte das Gebell gehört.

Mit letzter Verzweiflung riss es sich hoch. Seine Nüstern zitterten. Es lief noch eine halbe Meile, dann schoss ihm das Blut aus dem Maul. Es brach zusammen, einige Kilometer vor Preobraschensk.

Ein Fluch zerteilte Pjotrs Lippen.

Die Wölfe waren auf hundert Meter herangekommen.

Ich muss nach Preobraschensk, Herr im Himmel, ich, der Herr auf Erden, muss.

Er zog seine Pistole, nahm die Leine vom Pferd.

Ein letzter Schlag auf die dampfenden Flanken.

Gutes Tier, Dank.

Die Wölfe waren herangekommen. Sie rochen das frische Blut. Ihre dunkelgrünen Augen funkelten Pjotr hasserfüllt an.

Pjotr zog sich zwanzig, dreißig Schritte zurück.

Die Wölfe fielen gierig über das halbtote Pferd her, das unter ihren Zähnen zuckte.

Sie hatten es fast bis auf die Knochen zermalmt, da flog die Pferdeleine, zu einem Lasso gewunden, durch die Luft.

Zwei der Wölfe verschlangen sich in der Schlinge. Die anderen stoben auseinander. Sie hatten ihren Hunger gestillt, sie ließen ihre Kameraden feige im Stich.

Pjotr trat mit der Peitsche näher. Es gelang ihm, die wütenden Bestien in den Schlitten zu spannen.

Er schwang die Peitsche.

Mit einem Wolfsgespann fuhr Pjotr am frühen Morgen in Preobraschensk ein.

Die Menschen, die ihn sahen, bekreuzten sich.

»Der Wolfssohn ist wieder da«, schrien sie.

Im Hof des Palastes stand ein Regiment der aufständigen Strelitzen. Ein Schauer des Entsetzens lief durch ihre Reihen, als sie das Wolfsgespann durch das Holztor fahren sahen.

Pjotr sprang aus dem Schlitten, ließ die Peitsche durch die eisige Luft zischen:

»Auf die Knie, ihr Hunde!«

Da brach das ganze Regiment wortlos ins Knie.

Er ging durch die Reihen, tippte mit seinem Peitschenstiel da und dort einen Mann an.

»Du wirst gehängt und du und du.

Das Regiment wird sich rehabilitieren, wenn es jeden zehnten Mann aus seiner Mitte hängt.«

Da hängten sie ihre eigenen Kameraden, die sich stumm und widerstandslos hängen ließen.

Eine Abordnung der Bojaren trat vor ihn:

»Zeige uns Iwan, wo ist Iwan, der wirkliche Zar? Er ist der heilige Gossudar. Er ist nicht gestorben. Du hältst ihn gefangen im Palast. Er lebt ja noch. Wo ist er?«

Pjotr winkte der Abordnung, ihm zu folgen.

Sie gingen durch düstere Gänge. Türen schlugen von selbst auf und zu.

Plötzlich öffnete sich ein schweres Eichentor.

Ein kapellenartiger Raum wurde sichtbar, in dem durch bunte Glasfenster farbige Lichter spielten.

Im Hintergrund saß auf einem hölzernen Thron: Iwan, bleich, zart, elegant, sein irrsinniges Lächeln auf den Lippen.

Die Bojaren brachen ins Knie. Tränen standen in ihren Augen:

»Unser Zar! Unser Väterchen! Heil!«

Einer kroch bis an den Thron, rutschte auf wunden Knien, ihm den Fuß zu küssen. Sein Mund geiferte.

Er griff nach dem Fuß.

Da blätterte die vom Wurm zerfressene Borke.

Der Bojare schrie auf.

Auf dem Thron saß die Mumie Iwans des Blödsinnigen.

Pjotr winkte der Abordnung wieder.

Sie schlichen mit gesenkten Köpfen hinter ihm drein.

Er ließ sich durch einen Gärtner eine große Gartenschere bringen, wie man sie zum Beschneiden der Gebüsche braucht, und schnitt ihnen allen eigenhändig die Barte, das Symbol der Bojarenschaft, ab.

Auf dem Roten Platz vor der Basiliuskathedrale in Moskau fließt rotes Blut.

Pjotr steht auf dem Gerüst neben dem Henker und sieht jedem der Verräter ins Gesicht.

»Wer bist du? Wie heißt du? Glaubst du an Gott? Warum hast du nicht an mich geglaubt? Kopf ab.«

Ein Kopf rollt ihm vor die Füße, der ihm bekannt vorkommt. Er greift ins schwarze wollige Haar und zieht ihn zu sich empor. Es ist der Oberst Zickler. Schade. Er hätte am Leben bleiben sollen. Er hatte Humor. Aber das Schwert denkt nicht, wen es tötet. Beim Töten darf man überhaupt nicht überlegen, sonst kommt man nicht dazu: oder wird selbst getötet. Von den Kreaturen dieser Welt frisst eins das andere. Wenn man den Astrologen und Astronomen glauben darf, so verschlingen auch die Sterne einander mit feurigem Maul. Es kommt darauf an, das größte Maul zu haben und das Tier zu sein, das frisst. Das ist der Sinn des Lebens.

Sofija, verschleiert, fällt vor ihm nieder: »Gnade für den Fürsten Galizyn!«

»Sofija, Täubchen, ich hatte dich ganz vergessen – hübsch, dass du dich ins Gedächtnis rufst. Lebst du noch? Es ist ein fatales Massensterben angebrochen. Für wen bittest du, für deinen Liebhaber?

Sofija!«

»Majestät –«

Sofija neigt das schöne Haupt. Er streichelt ihr das Haar.

»Sei ehrlich!«

Schade, dass sie als meine Schwester geboren wurde. Sie wäre das richtige Weib für mich gewesen. Wie schön sie noch immer ist.

Pjotr winkt dem Henker:

»Fürst Galizyn ist begnadigt – zum Spießrutenlaufen.«

Sofija stürzen die Tränen über die Wangen.

»Weine nicht, Täubchen. Trübe nicht deine klaren Äuglein. Plustere nicht deine weißen Federchen.«

Fürst Galizyn stürzt in der Mitte der Spießgasse tot zusammen, einen Vers von Homer auf den Lippen.

Sofija schreit auf:

»Bist du noch ein Mensch? Hat Natalia Naryschkina dich geboren? Bist du nicht ein wilder Wolf? Der Antichrist, von dem das Volk murmelt?«

Mit den Strelitzen hatten sich auch an den Grenzen Baschkiren und Kosaken erhoben. Golowin, der streitbare Mönch, hatte sie aufgewiegelt: zum Heiligen Kreuzzug. Auf einem Hügel stand er, das bleiche kasteite Antlitz wie eine silberne Fahne schwingend, und predigte zum Volk, das in Terrassen um ihn gelagert war:

»Und ich trat an den Sand des Meeres und sah ein Tier aus dem Meer steigen, das hatte sieben Häupter und sieben Hörner und auf seinen Hörnern sieben Kronen und auf seinen Häuptern Namen der Lästerung. Und das Tier, das ich sah, war gleich einem Pardel, und seine Füße als Bärenfüße und sein Mund eines Löwen Mund. Und der Drache gab ihm seine Kraft und große Macht. Und der ganze Erdboden verwunderte sich des Tieres. Wer ist dem Tier gleich? Und wer kann mit ihm kriegen? Und es ward ihm gegeben ein Mund, zu reden große Lästerungen. Und es tat sein Maul auf zur Lästerung gegen Gott und gegen die, die im Himmel wohnen. Und es ward ihm gegeben, zu streiten mit den Heiligen und sie zu überwinden. Bei seiner Geburt fiel Feuer vom Himmel, und die Flüsse traten über ihre Ufer. Der giftige Fingerhut blühte und blähte sich mitten im Winter auf der Waldai. Wisst ihr den Namen des Tieres, das wie ein Wolf in die Hürde der Lämmer brach? Das Russland das Mark aus den Knochen saugt, um sich zu mästen: seht, wie dick und feist es ist von der Völlerei. Dass das heilige Russland verrät an die Njemzy, die Fremden. Das einen Götzen anbetet, den es aus der Fremde mitgebracht: ich sah es vor einer höllischen Mumie, einem Weib mit acht Brüsten, Astarte genannt, im Staube liegen. Wisst ihr, wie das Tier heißt?«

Da heulten sie alle auf, zwanzigtausend an der Zahl:

»Pjotr, der Waräger! Er ist der Sohn der Natalia Naryschkina und eines Wolfes. Sie hat mit einem Wolf gehurt, ehe da sie ihn gebar.«

Golowin zog den Rebellen mit dem Kreuz voran. Er schwang es wie eine Keule. Es war rot vom Blute der erschlagenen Feinde. Gegen den Tyrannen ging es, den Unhold, das Untier, gegen die Bojaren, gegen Leib- und Steuerknechtschaft.

Aber die Rebellen wurden zersprengt von Pjotrs Garde unter Führung Menschikows.

Bald trieben Flöße den Don herunter. Darauf standen Galgen. Und an den Galgen hingen die Rebellen, ihre im Winde schlenkernden Arme und Beine, ihre verdrehten Augen und auseinandergerissenen Lippen, von denen die blaue Zunge wie ein toter Fisch niederhing, redeten eine deutliche Sprache.

Der Zar watete in Blut, und es ging die Legende, dass er sich jeden Morgen in frischem, heißem Rebellenblut bade.

Eine Prozession von Hunderttausenden zog, geführt vom Patriarchen Adrian, unter Voranführung des Zarenbildnisses und vieler Heiligenbilder zum Kreml.

»Gnade den Sündern! Wer unter uns ist ohne Sünde?«

Der Zar blieb taub.

Grollend zog das Volk wie eine Schnecke sich in sich zurück. Heiß schwelte der Hass unter der Asche der Gleichgültigkeit. Golowin entging den Häschern, weil das Volk ihn vergötterte und unter sich verbarg. Er schlief jede Nacht in einem anderen Haus.

Iwan war tot. Golowin hatte es selbst gesehen. Ihm konnte man glauben. Nun sammelte sich alle Liebe und heimliche Hoffnung auf den Knaben Alexej, Pjotrs und Jewdokias Sohn.

Sofija wurde in ein Kloster gebracht.

»Frau Äbtissin, Frau Äbtissin –«

Die Nonnen schwänzelten um Sofija wie Ziegen um die Leitziege.

Beim Abendgebet bemerkte Sofija schon sonderbare Sitten unter ihnen.

Einige glucksten wie Hennen, andere meckerten, dritte muhten wie Kühe, als sie beteten.

Die Morgenmesse öffnete ihr die Augen.

In die Weihgefäße der Kapelle verrichteten die Nonnen ihre Notdurft.

Eine verspeiste Dutzende Hostien zum Frühstück, als wären es Morgensemmeln.

Statt Lob und Preis dem Herrn und der Lieben Frau sangen sie lästerliche Hurenlieder:

»Da er Herrn Jesum zeugen kann,
Ist auch der Heilig Geist ein Mann.«

Sie fiel vor dem Allerheiligsten ohnmächtig nieder.

Pjotr hatte sie in ein als Kloster hergerichtetes Irrenhaus schaffen lassen.

Sie sprach von diesem Tag an kein Wort mehr und starb nach drei Jahren, von Pjotr, Gott und der Welt verlassen und vergessen.

Die Gesandten Polens und Schwedens am Moskauer Hof begegneten einander.

»Er ist ein Barbar.«

»Er ist ein Genie.«

»Ein barbarisches Genie.«

»Was wird aus ihm noch werden?«

»Aus Russland?«

»Aus uns?«

»Er ist ein edles Untier.«

»Zobelkater.«

»Vielfraß. Er hat einen gesunden Appetit. Wird Polen verschlingen.«

»Wird Schweden verschlingen.«

»Wird Europa verschlingen.«

»Als ich gestern um eine Audienz nachsuchte, wo, meint Ihr, erteilte er sie mir?«

»Nun?«

»Er bestellte mich an den Hafen. Er saß im Mastkorb eines Schiffes, den er ausbesserte und ausflickte, und mutete mir zu, in der Takelage emporzuklettern.«

»Ich habe den größten Respekt vor ihm. Er ist kein König, wie wir im Westen sie gewohnt sind: elegant und launisch, nichtssagend und nichts wissend.«

»Er ist der Diener an seinem Werk. Der kleinste Dienst ist ihm nicht zu gering. Ich sah ihn eine halbe Stunde lang beim Heimritt von der Jagd mit einem Hufschmied sich unterhalten. Seinem Pferd war ein Eisen losgegangen. Er wies dem Schmied nach, dass seine Methode, die Pferde zu beschlagen, unpraktisch und unrentabel sei. Schließlich beschlug er selbst sein Pferd – und der Hufschmied stand daneben und schlug ihn auf die Schulter und sagte: ›Du hast recht, Väterchen. Könntest bei mir gleich als Geselle unterkommen.‹«

»Und der Zar?«

»Lachte sein Knabenlachen und meinte, wenn er, der Hufschmied, den Zarenthron besteigen möchte, wolle er seinerseits gern die Hufschmiede übernehmen. Da kratzte der Schmied sich hinter den Ohren und maulte, es solle schon lieber so bleiben, wie es sei ...«

»Neulich war im Palast ein Mädchen am Brand erkrankt. Der Zar schnitt ihm das brandige Bein ab wie ein gelernter Chirurg und verband es sorgsam und trefflich.«

.»Wenn wir nicht aufpassen, wird er uns zwar nicht das Bein, wohl aber den Kopf abschneiden.«

»Schweden muss den Blick offen behalten!«

»Polen das Ohr spitzen!«

Pjotr kam des Weges.

»He, meine Herren, wohin so eilig? Trinken wir zusammen ein Tröpfchen Kwaß, ein Tröpfchen Meth.«

»Dringende Staatsgeschäfte, Eure Majestät, rufen mich leider ab.«

»Der Kurier nach Warschau wartet bereits. Ich darf nicht säumen, ihm meine Post mitzugeben ...«

Pjotr fasste den Schweden an den Knöpfen seines Mantels:

»Haben Sie Nachrichten aus Stockholm? Wie ist das Befinden Seiner Schwedischen Majestät? Er ist seit einigen Wochen bettlägerig, wie ich zu meinem Bedauern vernahm.«

Der Schwede zuckte mit den Achseln:

»Die Ärzte sind voller Hoffnung.«

Pjotr ließ die Knöpfe los.

»Wie alt ist der junge Karl, sein Sohn?«

»Sechzehn Jahre, Eure Majestät.«

»Hm.«

Die Gesandten waren entlassen. –

Pjotr kicherte ihnen nach.

Sie haben Angst vor mir. Angst, dass sie sich verplappern. Weiß sowieso, was sie spinnen. Möchten Russland eingesponnen halten, fern vom Südmeer, fern vom Nordmeer, schlafend, träumend, braves Kind.

Ich werde das Gespinst zerreißen.

Pjotr rannte halb nackt im Zimmer umher. Aus dem Hemd heraus drängte sich seine haarige Löwenbrust.

Er schlägt mit den Fäusten an die Wand, trommelt den Generalmarsch:

»Menschikow, Liebling, Söhnchen – was hast du wieder getan? Ich habe Nestarow gerädert, Gagarin gehängt: könnt ihr denn keine Vernunft annehmen?«

Er trat, Tränen in den Augen, vor Menschikow, schüttelte ihn an den Schultern:

»Herzenssöhnchen, was soll ich mit dir anfangen? Ich werde dich köpfen lassen. Du wirst deinen hübschen, gescheiten Kopf verlieren.«

Er strich ihm mit seiner Pranke zärtlich über den Hinterkopf.

Menschikow verzog keine Miene.

»Majestät haben die Macht dazu. Zweifellos. Aber wollen Eure Majestät allein im Staat zurückbleiben? Wir stehlen und morden alle: der eine klüger, der andre dümmer. – Haben denn Majestät genug Geld, die Beamten ausreichend zu bezahlen? Nun also. Wir ersparen dem Staatssäckel bedeutende Gelder, wenn wir uns bestechen lassen ... Ich sehe auch nicht ein, weshalb ein Richter, der einen Prozess gut zu Ende oder zum guten Ende führt, nicht eine Gratifikation nehmen soll.«

»Kindchen, Söhnchen: du hast Geld von einem Halunken genommen – du hast einen braven Kerl ins Unglück gestürzt.«

Menschikow zuckte die Achseln.

»Gott ist ungerecht – warum soll ich gerecht sein? Ich, ein armer, schwacher Mensch! Vielleicht befreit man sich am reinsten vom Bösen –• indem man es tut ...«

Karl XI. von Schweden starb.

Karl XII. bestieg, sechzehnjährig, den Thron.

Pjotr rieb sich die Hände, als ob er fröre.

Das Bürschchen kommt mir gerade recht. Ich habe seit Riga noch eine kleine Abrechnung mit den Schweden zu halten. –

Es ist Nacht.

Eine Kerze, in eine leere Branntweinflasche gesteckt, erhellt das Zimmer.

Der Zar läuft in geflickten Pantoffeln und einem schäbigen, schmutzigen Schlafrock auf und ab. Die Bommeln schleifen ihm nach. Er stolpert alle Augenblicke.

Seine Augen glänzen groß und grün wie Wolfsaugen.

Die Erde muss mein werden und der Himmel und die Sterne und der Mond dazu.

Auf dem Boden lag eine zerknitterte Karte von Europa.

Russland – wie klein ist Russland noch. Die Schweden und die Polen und die verfluchten Heiden, Perser und Türken schnüren mir die Brust ein, dass ich nicht atmen kann.

Er schnauft.

Dieser Karl von Schweden! Ein vorlautes, eitles Bürschchen! Er glaubt, weil er ein paar Tausend Trantrinkern und Eisbärfressern gebietet, er könnte es auch mit mir aufnehmen. Bürschchen, Bürschchen: wenn ich dich einmal habe: ich spüle dich zum Frühstück mit ein paar Schlucken Wodka herunter. Soll ich dich zum Zweikampf fordern, he? Auf krumme Säbel? Türkensäbel? Ich würde dir deine scharmante weiße Halskrause und dein himmelblaues Kamisol übel beflecken mit deinem jungen roten Blut. Müsstest dir ein Kinderlätzchen umtun, damit du dich nicht schmutzig machst.

Der Pole ist ein weibischer Narr. Er glaubt, er hat mich, aber ich habe ihn. Ich werde ihm einige hübsche Tartarenmädchen schicken und ihn dir auf den Hals hetzen, dass du mit ihm deine liebe Not haben wirst. Und dann komme ich und gebe dir den Fangstoß wie einem halbtot gehetzten Eber. Halali. Und wenn der Pole sich im Kampf mit dir verblutet hat, kommt er selbst dran.

Pjotr trampelte auf der Karte herum:

Livland, Estland, Ingermanland muss unser werden!

Er trottete in eine Ecke, wo eine halbvolle Bouteille im Schatten stand.

Er setzte sie an die Lippen:

Prost, Karl von Schweden! Prost, August von Polen! Dass euch der Kuckuck!

Er schmatzte mit den Lippen, warf sich auf sein Strohlager, deckte sich mit seinem Kosakenmantel zu und schlief ein.

Ihm träumte, er wohne dem Begräbnis der beiden Könige bei.

Er warf drei Handvoll Erde in die Gräber, schwang sich auf seinen Schimmel und ritt durch Polen, Livland, Estland bis ans Meer.

Das Meer brandete zu seinen Füßen.

Er zügelte das Pferd, das eisern in Sturm und Fluten stand.

Der Salzwind fegte seinen Bart.

Er schrie:

»Unser ist die See, die Ostsee, das russische Meer!«

1700 marschiert August der Starke gegen Riga, Pjotr gegen Narwa. Pjotr, der Mann, wird von Karl, dem Knaben, aufs Haupt geschlagen.

Pjotr entgeht mit Menschikow notdürftig der Gefangenschaft.

Die eingeschlossenen Russen liefern dem Feind freiwillig ihre Offiziere aus. Karl XII. lässt höhnisch und übermütig alle gefangenen Russen laufen, nachdem er ihnen die Waffen abgenommen hat.

Europa lacht hinter Pjotr her. Spottmünzen werden auf seine Flucht geprägt.

Ein Knabe, ein Kind hat den Bären mit einem Strohhalm gekitzelt, und der Bär nimmt Reißaus.

Pjotr sammelt neue Kräfte, während sich Karl wie ein böser Köter mit den Polen herumbeisst. Pjotr macht sich darüber lustig, dass Karl seine Gefangenen laufen ließ. Diese Großmut wird ihm teuer zu stehen kommen. Ebenso teuer wie sein leichter, billiger Sieg. Wir haben Zeit, Zeit, Zeit. Asow haben wir auch nicht beim ersten Mal gekriegt. Das Unglück wird zum Glück für uns ausschlagen: im nächsten Frühling, wie ein knorriger Weidenstumpf. Hätten wir gesiegt, wären wir übermütig, faul und frech geworden. Die Niederlage zwingt uns, alle unsere Kräfte anzuspannen, unsere Anstrengungen zu verdoppeln, unseren Ehrgeiz wie ein junges Füllen blutig anzuspornen.

Beim Rückzug von Narwa fand Menschikow in einem Hause, wo er übernachtete, eine hübsche livländische Magd, die ihn über die Niederlage tröstete und die Nacht bei ihm blieb.

Sie hieß Katharina.

Pjotr träumte, er ritte auf einem geflügelten Pferd, vor ihm zog die Straße ein Mann mit einem Sack. So sehr sich Pjotr bemühte, es gelang ihm nicht, den Mann einzuholen. Er rief ihm von Weitem zu: »Hallo! Bleibe stehen!« Da stand der Mann. Pjotr sprang vom Pferd: »Was ist in dem Sack, fremder Wanderer?«

»Heb ihn mit der Hand auf, fremder Held, dann wirst du erfahren, was darin ist.«

Und Pjotr hob den Sack, aber er hob ihn kaum einen Millimeter über den Erdboden. So schwer war der Sack.

Da sprach der Wanderer, dessen Gesicht plötzlich Golowin zu ähneln begann: »Alles Schwere, alles Leid der Welt ist in dem Sack, du kannst ihn nicht heben. Du selbst bist es gewesen, der geholfen hat, diesen Sack bis obenhin zu füllen.«

Da kniete Pjotr vor ihm nieder: »Heiliger Mann, wo erfahre ich den Willen Gottes?«

Da sprach der Wanderer: »Reite nach den nördlichen Bergen. Auf dem höchsten der nördlichen Berge steht die Welteiche. Unter der Welteiche ist eine Schmiede. Frage den Schmied nach dem Willen Gottes!«

Und Pjotr ritt drei Tage und drei Nächte: durch Sonnenbrand und Dürre den ersten, durch Nebel und Regen den zweiten, durch Hagel und Schneesturm den dritten Tag. Da stand der Schmied auf dem höchsten Berge unter der Welteiche und schmiedete zwei dünne Haare zusammen: ein blondes und ein schwarzes.

»Was schmiedest du, Schmied? Bist du nicht der Schmied, der neulich so unbeschlagen war und mein Pferd nicht beschlagen konnte, als ich von der Jagd heimritt und ein Eisen verlor?«

»Ich bin der Schmied. Ich schmiede Liebe an Liebe, Hass an Hass.«

»Wen soll ich lieben, wen soll ich hassen?«

»Ihr Vater hat keinen Namen. Sie wohnt in der Provinz am Meer. Fünfundzwanzig Jahre liegt sie auf dem Misthaufen. Sie hat einen hässlichen, borkigen Leib. Die Eltern schämen sich ihrer, der Hahn sitzt auf ihrem Leib und kräht.«

Da wurde Pjotr zornig, dass er ein Mädchen lieben solle, die fünfundzwanzig Jahre auf dem Misthaufen gelegen und hässlich war wie die Nacht. Und er ritt in die Hauptstadt der Provinz am Meer, die er noch nie gesehen und die nach ihm Petersburg hieß, und war voll Begier, das hässliche Mädchen zu töten.

Er kam an ein ärmliches Haus und band das Pferd an das Gartengatter.

Niemand ist zu Hause. Nur auf dem Misthaufen im Hof hinten liegt ein Mädchen. Ihr Leib ist krustig wie von Tannenrinde. Da zieht Pjotr fünfhundert Goldrubel mit seinem Bildnis als Sühnegeld aus der Tasche, legt sie auf den Misthaufen, schwingt sein Schwert und schlägt es dem Mädchen in die Brust.

Darauf ritt er aus der Stadt. Der galoppierende Huf seines Pferdes weckte ihn auf. Er rieb sich die Augen.

Menschikow entfaltete einen alten italienischen Stich: eine nackte ruhende Frau in ungemein reizvoller Pose.

»Komm, Katharina.«

Sie sah ihm über die Schulter.

»Sieh dir dieses Weib an, studiere ihre Lage. So musst du auf dem Diwan liegen, wenn der Zar kommt. Du rührst dich nicht und tust, als ob du schläfst.«

Pjotr schlug den Vorhang zurück.

Er erschrak vor Entzücken.

Auf den Zehenspitzen schlich er an das Lager, streifte vorsichtig seine gespornten Reitstiefel ab und nahm sie, die sich schlafend stellte.

Sie verstand, anmutig zu erwachen und erstaunt und verwirrt den Zaren anzusehen.

Er küsste ihr in plumper Galanterie den Oberarm.

Leise nestelte er an ihrer lettischen Bluse. Als er aber ihre weißen Brüste in zärtlichen Händen hielt, da erschrak er noch einmal.

Eine kleine blutrote Narbe lief zwischen ihnen, als hätte ein Schwert sie geschlagen.

»Katharina,« Pjotrs Stimme bebte, »wer hat dich verwundet mit seinem Schwert?«

Katharina sprach:

»Vor Jahren kam in das Haus meiner Eltern am Meer ein unbekannter Mann, während ich schlief. Nachbarn sahen ihn das Haus verlassen. Als ich erwachte, da hatte ich diese Narbe auf der Brust, und mir war, als wäre es wie Tannenrinde von meinem weißen Leib gefallen. Ich war das hässlichste Geschöpf gewesen, eine Art Baumnymphe, man erzählte sich, ich sei aus einem Baum gekommen, von einem Baum geboren. Nun aber wurde ich die Schönste weit und breit, seit der Fremde mir die Wunde geschlagen. Er ließ auch fünfhundert Rubel zurück, mit denen meine Eltern einen kleinen Handel begannen.«

Pjotr zog einen Goldrubel mit seinem Bildnis aus der Tasche:

»Waren es solche Rubel?«

Katharina betrachtete das Geldstück aufmerksam.

»Ja, genau solche Rubel waren es.«

»Behalte den Rubel, Katharina.«

Er sah ihr tief in die Augen. Ihn übermannte ein Gefühl, wie er es nie zuvor bei einem Weibe gefühlt.

»Katharina, du bewohnst von heute ab ein Appartement in meinem Palast.«

In einem Säulengang begegnen einander Katharina und die Zarin.

Katharina trägt die kleidsame, regenbogenbunte Tracht einer lettischen Bäuerin.

Sie fällt vor der Zarin in die Knie.

Die Zarin klopft ihr mit einem Perlmutterfächer leicht auf die Schulter:

»Steh auf, Mädchen.«

Katharina steht.

Zwei lange blonde Zöpfe fallen ihr über die Schulter.

»Was findet der Zar an dir, Mädchen? Rote, gesunde Wangen und einen festen Busen. Dicke blonde Strähnen. Breite Schenkel. Was weiter?«

Katharina schweigt.

»Wie oft kommt der Zar zu dir?«

Katharina lächelt:

»Ein- bis zweimal jeden Tag und jede Nacht dazu.«

»Weißt du, dass es in meiner Macht steht, dich töten zu lassen?«

»Gewiss – in der Macht des Zaren aber steht es, Ihre Majestät zu töten.«

Die Zarin schweigt.

»Was trägst du da für ein Kleid?«

»Das Kleid einer lettischen Bäuerin. Ich bin ein Bauernkind.«

Die Zarin fasst mit spitzen Fingern den gehäkelten Saum:

»Sehr hübsch, sehr bunt. Es steht dir ausgezeichnet. Welche Tracht, meinst du, würde wohl mir am besten stehen?«

Katharina antwortet ohne Besinnen:

»Der Schleier einer Nonne, Ihre Majestät.«

Die Zarin erbleicht.

Sie lässt den Saum des Kleides fahren.

Sie geht.

Katharina bricht in die Knie.

»Menschikow – Alexej ist mein Sohn. Mir blutet das Herz bei dem Gedanken, dass ich ihn werde töten lassen müssen. Er hat eine Seele wie ein weißer Schwan. Ich habe seinen Schwanengesang gelesen. Ein Gedicht: an eine unbekannte Dame gerichtet. Aber wenn ich ihn leben lasse, wird es in Russland keine Ruhe und keinen Frieden geben. Um ihn sammelt sich alles, was unzufrieden und aufrührerisch gesinnt ist. Ich glaube, dass er mit Golowin unter einer Decke steckt und dass sie zuweilen heimlich zusammenkommen. Wenn er mich umbrächte, wenn er mir als Zar folgte, würde er mein mühsam errichtetes Werk völlig zugrunde richten. Er würde die Deutschen, Franzosen, Italiener aus dem Lande jagen, Moskau dem Erdboden gleichmachen. Weißt du, was er von Moskau sagt? Dass es nicht die Stadt der Zaren, dass es die Stadt der Zähren heißen müsse. Denn unzählige Tränen seien darum geflossen. Er ist ein gefühlvoller Junge und spielt bezaubernd die Gusli. Aber er würde mit seinen Romanzen und Kantaten mein Werk völlig zerstören und mit seiner Trompete zerblasen wie die Mauern Jerichos.«

Menschikow drehte an seinem Bart: »Es ist die Art und Bestimmung der Söhne, das Werk ihrer Väter zu zerstören. Aus diesen Kämpfen besteht die Weltgeschichte.«

»Menschikow, Söhnchen, schwatze nicht, philosophiere nicht. Überlass das Leibniz und seinen Genossen. Ist übrigens seine Antwort auf meinen Plan einer russischen Akademie der Wissenschaft und Künste noch nicht eingetroffen? Nein? Was machen Lomonossows alchimistische Versuche? Gold brauche ich, Geld. Die Übersetzungen juristischer, nautischer, geographischer, historischer Werke ins Russische gehen zu langsam vonstatten. Ich las eine. Sie war im schnörkelhaftesten Kirchenrussisch abgefasst. Weg damit! Ich will die lebende, lebendige russische Sprache hören. Russland, Menschikow, wird nach meiner Idee leben – oder es wird nicht leben.«

Pjotr trat in das Zimmer des Zarewitsch. Der las schweigend in der Bibel. »Was liest du da?«

Alexej las, erst leise, dann immer lauter und erbitterter:

»Herr, wie lange soll ich schreien, und Du willst nicht hören? Wie lange soll ich zu Dir rufen über Frevel, und Du willst nicht helfen? Warum zeigest Du nur Gräuel um mich? Es geht Gewalt vor Recht.

Warum schweigst Du, dass der Gottlose den Gottvollen verschlingt?«

Pjotr brummte.

»Geschwätz. Der Schwache wird zertreten, und also ist's recht. Was vergeudest du deine Tage mit Bibellesen und suchst nach ethischer Begründung für deine Schwäche? Ich weiß, dass du mein Werk vernichten willst. Aber du hast nicht den Mut und die Kraft, zu tun, was du denkst. Warum ziehst du nicht das Messer gegen mich wie Golowin – dein Freund?«

Der Zarewitsch biss sich auf die Lippen:

»Ich hasse Mord und Krieg und Kampf.«

Der Zar zog die Brauen hoch:

»Du hassest dies alles nicht so sehr, wie du mich hassest. Aber du verheimlichst deinen Hass sogar vor dir selbst. Ich will dir eine Antwort geben aus deiner so geliebten Bibel. ›Wer böse ist, der sei immerhin böse. Wer unrein ist, der sei immerhin unrein. Ich weiß deine Werke, dass du weder kalt noch warm bist. Ach, dass du kalt oder warm wärest! Weil du aber lau bist und weder kalt noch warm, werde ich dich ausspeien aus meinem Munde.‹«

Das Blut war dem Zaren zu Kopf gestiegen.

Er ging ohne Abschiedsgruß.

Einige Tage später hielt eine geschlossene Karosse vor einem Nebentor des Palastes.

Der Zar trat, an der Seite des Patriarchen Adrian, in die Gemächer der Zarin:

»Jewdokia, Frauchen, man hat mir erzählt, dass du dich mit dem Gedanken trägst, den Schleier zu nehmen und dich von allen weltlichen Wirren in ein Kloster zurückzuziehen. Welch löbliche Absicht! Adrian, der oberste Bischof unserer Kirche, lässt es sich nicht nehmen, dir persönlich das Geleit zu geben und höchstselbst dich zu weihen und zu segnen. Das Kloster unserer Lieben Frau, auf der Solowezki-Insel gelegen, ist hergerichtet und geschmückt, dich aufzunehmen. Es ist eine sehr hübsche Landschaft dort am Weißen Meer, im Winter nur ein wenig kalt und eintönig. Nun, man kann tüchtig einheizen. Allzu große Entbehrungen wirst du nicht zu erdulden haben. Die allerchristlichste Kirche ist nachsichtig. Gott segne deinen Entschluss. Das Talent zur Heiligen hat stets in dir geschlummert. Ich preise mich glücklich, es zu wecken. Komm.«

Die Hofdamen, Feodorowna Schuwalow und Elisabeth Gräfin Stolberg, eine Deutsche, schluchzten.

Die Zarin öffnete die schönen schwarzen Augen, die sie während der ganzen Rede des Zaren geschlossen gehalten hatte. Sie warf den Kopf wie ein edles Pferd leicht in den Nacken und nahm den Arm, den der Patriarch ihr bot.

In der Tür hielt sie noch einmal an:

»Und Alexej, unser Sohn, der Zarewitsch – was wird aus ihm?«

Der Zar sah durch das Fenster auf den Hof, wo eine Rotte Soldaten an einem Galgen zimmerte.

»Für ihn ist gesorgt, bekümmere dich darum nicht.«

»Moskau, die Stadt meiner Ahnen, wird mir zu eng. Ich ziehe einen Strich durch die Vergangenheit. Die Zukunft beginnt ab heute. Ich will mir meine Hauptstadt, meine Burg, Petersburg, selbst erbauen. Ich ritt die Newa entlang. Dreißig Werst von der Mündung liegt eine Insel: Dort soll Petersburg erstehen. Den Schweden eine Warnung, mir selbst ein Denkmal. Fresini, der italienische Architekt, soll mir einen Plan entwerfen, binnen drei Tagen – keine Widerrede, Fresini –, Menschikow wird die Bauleitung übernehmen – keine Widerrede, Menschikow –, du wirst die Arbeiter zusammentrommeln, wenn nötig zusammenprügeln – in einem Jahr wird Petersburg dastehen, meine Burg, stolz, steil, uneinnehmbar, von den Wogen der Newa umspült.«

Menschikow und Fresini verbeugten sich.

Die Audienz hatte ein Ende.

Fresini zeichnete Tag und Nacht. Ihm schwebte ein nördliches Venedig, ein nördliches Palmyra vor: barbarisch, aber majestätisch.

Menschikow schickte seine Werber in alle Provinzen. Freies Brot und Fisch wurde den Arbeitern versprochen und ein Rubel Lohn monatlich.

Sie kamen in Scharen: Russen, Ukrainer, Kalmücken, Tartaren: freiwillig und unfreiwillig.

Menschikow brauchte vorerst zwanzigtausend zu den Vorarbeiten: zum Roden und Dämmen. In vierzehn Tagen hatte er sie beisammen. Sie mussten sich ihre Unterkünfte selbst bauen: feuchte Erdhöhlen, winddurchwehte Zelte. Sie froren. Sie hungerten. Sie fluchten. Die Proviantkolonnen wurden unterwegs von streifenden Räuberbanden überfallen und bestohlen. Die Gerätschaften reichten nicht aus. Tausende mussten mit ihren bloßen Händen graben. Die Hände sprangen auf, bekamen Risse, bluteten. In Schürzen, Kaftanen und Säcken musste die Erde fortgeschleppt werden. Die Aufseher schwangen Geißel und Peitsche.

Tausende krepierten.

Man warf sie in die Newa, wo sie mit aufgedunsenen Gliedmaßen ins Meer trieben.

Immer neue Züge Fronender trafen ein.

Hunderttausende gruben, bauten, schichteten, mörtelten und werkelten schließlich.

Menschikow hatte sich auf einem Hügel in der Mitte der Insel ein steinernes Haus bauen lassen mit einem Turm. »Turm von Babel« nannten sie den Turm. Hier stand er und sah auf das Gewimmel herab.

Die Schweden versuchten, den Bau zu hindern. Sie erkannten, was ihnen drohte, wenn Burg und Stadt einmal unwiderruflich standen.

Von Wiborg aus marschierte der schwedische General Löwengart gegen das werdende Petersburg.

Pjotr selbst warf sich mit einigen in der Eile zusammengewürfelten Regimentern ihm entgegen.

Er floh nicht wie bei Narwa. Wie weit lag Narwa hinter ihm.

Er suchte im Treffen den General und stieß ihm den Degen in die Brust.

Die Schweden flohen und ließen Artillerie und Bagage zurück. Er richtete die schwedischen Kanonen auf die Fliehenden.

Die Arbeiten um Petersburg ruhten einen Tag. Es gab ein Freudenfest. Alle Arbeiter waren besoffen. Pjotr schenkte ihnen die zurückgelassenen schwedischen Trossweiber und Trossbuben. Immer ein Dutzend und mehr vergingen sich an den blonden schönschenkligen Frauen.

Eine, Ute genannt, hatte sich Fresini als Geschenk erbeten. Sie war die Beischläferin des schwedischen Generals gewesen. Er machte sie zu seiner Frau.

Am nächsten Tage nahmen die Schanzungen ihren Fortgang. Auf der Schäre Kotlie wurden Wälle ausgehoben.

Eine feindliche Flotte erschien vor Kotlie. Sie gerieten in einen Sturm und mussten mit klatschenden Segeln abziehen: unter dem Gelächter der Russen. Der Admiral Apraxin setzte ihnen mit ein paar Koggen nach. Sie hatten kein Zutrauen mehr zu sich, nachdem sie der Sturm so ungemütlich zerzaust, und flohen, obwohl bedeutend in der Übermacht.

Noch waren in der Mehrzahl Holzhäuser und Holzbaracken in Petersburg errichtet. Der Transport von Steinen stieß auf Schwierigkeiten. Da bestimmte Pjotr: Jeder, der auf dem Land- oder Wasserwege nach Petersburg reise, habe als Zoll eine Anzahl Steine zu entrichten. Er befahl ferner den reichsten Familien Russlands, den Fürsten, Adeligen und Kaufherren, zweistöckige Steinhäuser in Wassili Ostrow, einem Petersburger Stadtteil, zu errichten, koste es, was es wolle.

Kasernen entstanden, Speicher, Werften, Fabriken, Spitäler, Prospekte aller Art. Kaufleute kamen, aus Nishnij Nowgorod, aus Deutschland, Polen, Frankreich, von Privilegien verlockt. Pjotr versprach ihnen Steuerfreiheit. Eine Börse bildete sich. Tartaren wurden zwangsmäßig angesiedelt. Der Senat wurde aus Moskau nach Petersburg verlegt. Eine Raritätenbude, Museum genannt, war Pjotrs ganzer Stolz. Im neugegründeten kaiserlichen Theater wird als Eröffnungsvorstellung »Der Held von Kiew« gespielt, mit den plumpesten Anspielungen auf Pjotr, der sich selber in täuschender Maske vergnüglich auf der Bühne spazieren und unglaubliche herkulische Heldentaten verrichten sah.

1708.

Pjotr zieht in Petersburg ein.

Hunderttausend Menschen lagen in den Sümpfen der Newa tot, erfroren, von giftigen Dämpfen niedergeworfen. Zehntausend Pferde waren eingegangen: Petersburg lebte.

Alle Häuser waren mit grünem Tannenreisig geschmückt.

Pjotr ritt auf seinem Schimmel langsamen Schrittes durch die Stadt, die ein Gedanke von ihm aus dem Nichts gerufen. Er ritt barhäuptig, in einem grauen Kittel, ohne jedes Abzeichen, in hohen schwarzen Juchtenstiefeln.

Er wollte Russe sein – sonst nichts.

Katharina ritt neben ihm: ein lettisches Bauernmädchen in regenbogenbuntem, besticktem Tuch, mit roten Stiefeln: blond, strahlend, frisch.

Hinter ihnen: Menschikow in großer Generaluniform und Fresini in modischer italienischer Tracht. Dann der Patriarch: unter einem blausamtnen Baldachin im goldenen Chorgewand: ein Gebetbuch dicht vor das sommersprossige Gesicht haltend, Gebete brummend. Scharen von hohen und niederen Geistlichen, Mönchen, Laienbrüdern folgten. Den Schluss machte das Regiment Garde: mit Pfeifen, Zinken und Kesselpauken, die ein veritabler Neger schlug.

Vor seinem neuen Palast angekommen, sprang Pjotr vom Pferde, kniete nieder und küsste die heilige russische Erde, welche der Patriarch weihte.

Das ganze Volk, das in dichten Scharen Spalier bildete, kniete nieder: schweigend, dumpf, demütig.

Dann erscholl Gesang der Priester, Musik der Dragoner, Klingeln kleiner Glocken. Weihrauch dampfte.

Der Zar und Katharina ritten unter Geschrei und Jubel des Volkes durch das Haupttor des Winterpalastes. Das Gefolge folgte durch allerlei Nebentüren, die absichtlich so niedrig gebaut waren, dass man nicht aufrecht durchschreiten konnte, sondern sich demütig bücken musste, wenn man in den Palast trat.

Tafel im Palast.

Man reicht eben Piroggen, ein in Brot gebackenes Fischgericht, das Menschikow an seine Jugend erinnert und das ihm deshalb widerlich ist, da durchbricht ein Kurier die Reihe der Diener und Lakaien.

Er hat ein Handschreiben vom Admiral Apraxin.

»Karl von Schweden ist im Anmarsch auf Petersburg! König Karl selbst an der Spitze seiner Truppen!«

Pjotrs Augen leuchten.

Er wischt sich mit dem Ellenbogen den Schnurrbart, in dem Fischgräten hängen.

»Wir werden als Dessert eine Schlacht schlagen.

Keine Unterbrechung des Festes. Du bleibst, Katharina. Menschikow, du folgst mir. Musikanten, spielt einen Tanz.«

Sie spielen.

Pjotr nimmt Katharina um die Hüfte und dreht sie, bis sie in Ohnmacht zu fallen droht.

Dann hält er inne und ist mit einem Sprung aus dem Saal.

An der Newa hatten die Schweden ein befestigtes Lager aufgeschlagen.

Apraxin glaubte, dass hier sich die Hauptmacht der Schweden sammle.

Pjotr ließ sich nicht täuschen. Er bemerkte, wie sie weiter unten eine Pontonbrücke über die Newa schlugen und Kolonne auf Kolonne den Fluss überschritt.

Pjotr raffte einige hundert Dragoner zusammen und ritt gegen die übersetzenden Schweden, ihnen den Brückenkopf zu entreißen.

Vergeblich.

Die Attacke wird abgeschlagen.

Er erreicht nichts.

Das ganze schwedische Heer marschiert in langer Schlange über die Newa.

Pjotr zieht sich zurück. Er verwüstet mit seinen Reitern die ganze Gegend, brennt die Häuser seiner eigenen Untertanen nieder, zündet ihre Felder an, ihres Jammers nicht achtend, legt die Ostbäume um, tötet das Vieh, das er nicht mitnehmen kann. Der Schwede, in der Hoffnung auf reiche Beute im eroberten Lande schlecht mit Proviant versorgt, stößt auf eine wüste Öde, auf rauchende Ruinen, verkohlte Kälber, schwarze Wiesen. Seine Soldaten beginnen zu hungern, zu murren, zu rebellieren. Winter wird. Schnee fällt Tag und Nacht. In den Wäldern um Petersburg hocken die Schweden wie halb erfrorene Vögel. Hunderte werden von den Bauern erschlagen. Der Rest flieht entkräftet an das Meer zurück und schifft sich in die bereitliegende Flotte ein.

Im Bug seines Admiralschiffes steht Karl von Schweden, Tränen in den Wimpern.

Vom Strande klingt das barbarische Gelächter Pjotrs durch den Schneesturm zu ihm.

Katharina schrieb, als Pjotr im Feldlager weilte, ihm diesen Brief: »Mein Alles! Meine Welt! Sei gegrüßt! Geküsst! Umarmt! Lebe tausend Jahre! Du hast gesiegt über die Schweden! Fahne des Trotzes, Burg des Stolzes: Ich bete für Dich: am Morgen, wenn die Sonne erscheint, am Abend, wenn sie sinkt. Mein Bett steht des Nachts verwaist. Ich streichle die Kissen. Gott dem Herrn Ruhm, dass er an Dir seine Gnade erwiesen hat. Ich war im Kloster des Heiligen Sergej, als Dein Brief kam. Ich küsste dem Heiligen die Füße. Du sagtest, ich solle den Klöstern Geschenke geben, wenn Du siegtest. Solches tat ich. Und ging zu Fuß zu allen Klöstern der Gegend. Medaillen ließ ich prägen mit Deinem strahlenden Bildnis zum Gedenken Deines Sieges. Sie sind noch nicht fertig, sonst legte ich eine dem Briefe bei. Gott weiß, wie sehr sich die Taube, das Täubchen, nach ihrem Tauber sehnt. Meine Schwingen sind gelähmt. Du musst mich wieder fliegen lehren.«

Bei Poltawa schlug Pjotr den Schweden endgültig. Er musste Haare lassen, bis er keine mehr auf dem Kopfe hatte.

Kahlköpfig floh er durch die Ukraine nach der Türkei. Abgehetzt und todmüde, wie er war, gelang es ihm dennoch, die Türken, die Asow nicht verschmerzt hatten, gegen den Zaren aufzupeitschen und aufzujagen. Karl übernahm, neben dem Großwesir, das Kommando der Osmanen.

Noch einmal stellte er den verhassten Feind.

Am Pruth gelang es ihm, Pjotr, den Katharina diesmal ins Feld begleitet hat, völlig einzuschließen.

Drei heftige Angriffe der Janitscharen wurden mit Mühe abgeschlagen.

Pjotrs Schicksal schien besiegelt.

Er hörte in seinem Lager den Feind schon den vorweggenommenen Sieg feiern.

Zum ersten Male in seinem Leben wurde auch er kleinmütig und verzagt.

Er saß, in seinen Schafspelz gehüllt, auf einer zersprungenen Trommel und blickte trübselig in das schwelende Wachtfeuer.

Er hatte zu wild gelebt, zu viel gewollt, er war zu steil emporgeklettert. Nun verließ ihn kurz vor der Höhe die Kraft. Er war müde, sterbensmüde. Schlafen wollte er, ewig schlafen, sonst nichts.

Da schlich etwas des Weges.

War es eine Katze?

Es war Katharina. Sie blieb vor ihm stehen und lächelte: »Mut!«

Er riss sie an sich. Da spürte er, dass sie unter ihrem Mantel nackt war.

Katharina ließ den Großwesir durch einen Parlamentär um eine Unterredung unter vier Augen ersuchen.

Der Großwesir empfing sie mit vollendeter Höflichkeit.

Am Morgen erst kam sie zurückgeritten. Als der Posten die Parole forderte, rief sie:

»Sieg!«

Sie selbst setzte sich an die Spitze der Truppen, die gegen den linken Flügel, den Karl von Schweden befehligte, zum Durchbruch angesetzt waren. Ihr offenes blondes Haar flatterte wie eine goldene Fahne im Winde. Wie ein Heiligenbild, grell, bunt und einleuchtend trug sie sich vor ihnen her. Sie riss die Zerlumpten, Verhungerten, Mutlosen mit sich. Der Durchbruch gelang.

Der rechte Flügel, den der Großwesir befehligte, verhielt sich anfangs passiv und griff erst ein, als der Durchbruch schon gelungen war.

Karl von Schweden galoppierte in vierzehn Tagen vom Pruth bis an die Ostsee, nur von einer kleinen Kavalkade begleitet. Er rüstete zu neuem Kampf, da traf ihn auf den Wällen von Frederiksborg die tödliche Kugel.

Als Pjotr von seinem Tode hörte, bekreuzte er sich ehrerbietig dreimal.

Der Friede von Nystadt bestätigte Pjotr alle seine Eroberungen: Livland, Estland, Ingrien, Karelien fielen an Russland. Polen war so geschwächt, dass es keinen Einspruch wagte, als Russland auch den Polen seinerzeit versprochenen Beuteteil usurpierte.

Schweden war zertrümmert. Dänemark gab ihm den Rest.

Polen verfiel und verfaulte an inneren Wirren. Ebenso Persien.

Des Türken Macht war gebrochen. Die Ukraine fiel Pjotr wie ein reifer Apfel in den Schoß.

Aufrecht stand der russische Bär und leckte sich das Blut von Schnauze und Tatzen. Schon blinzelte er nach Indien, nach China hinüber.

Der Senat bat Pjotr, den Titel eines Kaisers anzunehmen, der seit dem Fall von Byzanz im Osten nicht wieder erstanden war.

Bei der Siegesfeier tanzte Pjotr auf dem Tisch wie ein Kind.

Freudentränen standen ihm in den Augen. Er lachte und heulte sinnlos.

Er küsste Katharina, mit der er sich am gleichen Tag vermählte. Den Patriarchen Adrian, der sich weigerte, die Trauung vorzunehmen, entsetzte er selbstherrlich seines Amtes. Er stiftete ihr zu Ehren den Orden der heiligen Katharina und hing ihr selbst in der Hochzeitsnacht das silberne Kreuz um, das auf der einen Seite das Bildnis der Heiligen trug – es ähnelte Katharina wie eine Zwillingsschwester der andern –, auf der Rückseite ein Adlernest mit zwei Adlern, die Schlangen im Schnabel hielten.

Als sie eingeschlafen war, verließ er sie.

Er ging in die Nacht hinaus.

Er musste allein sein.

Er bestieg sein Pferd und ritt ins Dunkle. Kein Stern stand am Himmel. Und er ritt den Weg, den er im Traum schon einmal geritten war, bis er von einer Düne die Ostsee sah.

Der Salzwind fegte seinen Bart. Das Meer brandete zu seinen Füßen. Er zügelte das Pferd, das eisern in Sturm und Gischtwellen stand, die zu ihm heraufspritzten.

Pjotr schrie und überschrie die Brandung und den Sturm und den Donner der Sphären:

»Unser ist die See, die Ostsee, das Weiße Meer! Unser ist die Südsee, das Schwarze Meer, unser die Kaspische See, das Ostmeer! Unser!«

Dann sprang er vom Pferd, sein Gesicht in die Mähne des Pferdes vergraben, weinte er ruckweise, unbeherrscht, wie ein Kind.

Am nächsten Tage schrieb er seinem Gesandten nach Paris:

Die Schüler beenden ihre Schulzeit gewöhnlich in sieben Jahren. Die meine hat dreimal solange gedauert. Sie hat indes, Gott sei es gelobt, ein so gutes Ende genommen, wie es besser nicht möglich wäre.

Pjotr tritt, schmutzig und unansehnlich, in die Kabak, in die Schenke. Seine roten Stiefel sind lehmbespritzt. Sein Haar verklebt. Seine Blicke laufen über den sandbestreuten Fußboden ängstlich wie Ameisen. Mit leiser Stimme fordert er den Wirt auf, ihm für hundert Rubel Wein zu bringen. Der, die Hände in den weiten Taschen seiner Pluderhose, lacht nur.

Pjotr flucht.

Seine Blicke springen von der Erde auf wie der Teufel aus der Kiste.

In der rauchigen Ecke beim Kamin sitzen breithintrige Zecher, Matrosen, Bauern, Hafenarbeiter.

Pjotr setzt sich zu ihnen.

»Wer gibt mir zu saufen? Ich habe Durst wie ein Ross, das einen Zentner Gerste gefressen hat.«

Die Kerle glucksen. Einer ruft den Wirt:

»Väterchen! Ein Glas für unsern Freund!«

Sie saufen und singen.

Pjotr singt:

»Ich bin Pjotr, der Sohn des Bauern Iwan.
Meine Mutter war die Steppe.
Einen Falken trage ich auf der Schulter.
Im Käfig meines Herzens singt eine rote Nachtigall.
Ich habe mit meinen Pfeilen die goldnen Turmknöpfe der Kathedrale von Kiew heruntergeschossen.
Seht die goldnen Knöpfe meiner Weste, es sind die Turmknöpfe von Kiew.
Das Geschlecht der schleichenden Schlangen ist mir untertänig.
Wenn ich pfeife, tanzen sie.
Wisst ihr, wer die Fürstin Nastasja geliebt hat?
Den weißen Schwan?
Wisst ihr, wer den Riesen Tugarin getötet hat?
Den grauen Hund?
Ich bin zwischen Frühmesse und Hochamt von Moskau nach Kiew geritten.
Auf meinem Falben, mit meinem Falken Sokol.
Der Letzte bin ich auf dem Schlachtfeld,
Der Erste bei den munteren Mädchen.« –

So sang Pjotr.

Die Zecher lauschten schweigend.

Einer, der nach Teer roch, sagte:

»Wo kommst du her? Väterchen? Über Land? Über Meer?«

Pjotr tat einen tiefen Schluck.

»Ich komme über das Weiße Meer mit meinem Schiffe Sokol. Seine Seiten sind die Flanken eines Auerochsen, seine Kraft ist die des Stieres, seine Schnelligkeit die des Windhundes. Es hat Augen am Bug wie Adleraugen. Die Brauen sind aus schwarzem Zobel. Finster schaut es drein. Stolz ist seine Seele. Dieses Schiff schäumt durch die tausend Meere und legt nur dort an, wo es eine goldene Landungsbrücke gibt.«

Da staunten die Zecher. Und ein Alter, der kaum noch Zähne im Maul hatte, murmelte: »Wie aber bist du dann in Petersburg gelandet? Wo ist in Petersburg eine goldene Landungsbrücke?«

Pjotr sprach: »Gestern Abend – habt Ihr nicht gesehen, wie golden der Himmel war? Eine goldene Brücke spannte sich vom Himmel zur Erde. An dieser Brücke habe ich angelegt.«

Die Zecher schwiegen. Sie tranken aus, sahen ihn groß an und gingen. Einer nach dem andern ging.

Der Letzte wisperte dem Mann ins Ohr:

»Es ist ein wunderlicher Mann. Man muss ihn lieben oder hassen. Er scheint mir nicht von dieser Welt. Es ist gut, ihn allein zu lassen. Gib ihm zu trinken, Väterchen.«

Pjotr saß am Kamin und wärmte sich seine Hände.

Ein weißer Kater sprang auf den Tisch und blickte ihn an.

Der Wirt stellte ein neues Glas dampfenden Punsch vor Pjotr.

Er blieb verlegen vor ihm stehen und kniff die Augen auf und zu.

»Was willst du, Väterchen?«

Der Wirt leise:

»Wenn du wieder dein Schiff Sokol besteigst und von der goldnen Brücke nach jenem Lande in See stichst, das am blauen Himmelsmeere liegt: Grüße meine Tochter, mein Töchterchen, die schlanke Hindin. Fünfzehn Jahre weilte sie nur bei mir. Da kam ein wilder Mensch, der sie zu Tode liebte. Fünfzehn Jahre äst sie nun schon auf jenen Wiesen. Gib ihr diese kleine Kette, die soll sie sich um den Hals tun, eine winzige Glocke ist daran. Wenn sie sie trägt, werde ich ihr leises Läuten hören.«

Pjotr sprang auf vom Tisch, umarmte den dicken scheuen Mann, über dessen feiste Backen Tränen rannen.

»Ich will tun nach deinem Wunsch, lieber Bruder.«

Als Pjotr sein Geld vertrunken hatte, vertrank er seine Schuhe, seinen Kittel, seine Hose, sein Hemd und stampfte nackt in den Palast zurück.

Es ist ein kalter Sommer gewesen. Eigentlich war es gar kein Sommer. Es regnete jeden Tag mindestens einige Stunden, und nachts fror man unter der dünnen Sommerdecke, denn die dicken Winterkissen werden vor Oktober nicht aus dem Wäscheschrank gegeben. Nur eine heiße Nacht wurde Pjotr noch geschenkt. Sie glühte wie eine Sonnenblume im Dunkeln. Es war die Nacht der Sommersonnenwende. Sie sprangen durch das Sonnwendfeuer, das seine flackernden Lichter bis über das ferne Meer und tausend

Funken bis in den Himmel warf, von wo sie als Sternschnuppen wieder zur Erde fielen.

»Was wünschest du dir?« fragte Ute, die er bei den Händen hielt. »Wenn Sternschnuppen fallen, muss man sich etwas wünschen. Der Wunsch geht in Erfüllung.«

Er erschrak ein wenig auf diese Frage und wusste keine Antwort.

Das Sonnwendfeuer verglimmte.

Das Reisig rußte ein wenig.

Er hatte keinen Wunsch mehr. Wenn er es recht bedachte: So wünschte er sich nichts. Weiß Gott, er war alt geworden. Das Feuer war heruntergebrannt. Es schwelte nur noch. Das war ja wohl ein sicheres Zeichen des Alterns: dass er keinen Wunsch mehr hatte. Neulich, vor dem Spiegel, hatte er nicht da einige weiße Haare und eine kahle Stelle auf seinem Kopf entdeckt? Spürte er nicht manchmal vor dem Schlafengehen ein leises Zittern in den Knien?

Er war gestrandet.

Um sein Wrack schlugen die Wellen.

»Sei doch lustig,« sagte Ute, »was hast du denn?«

»Dich habe ich«, und er zog sie seitwärts in einen dunklen Garten. An einem Baum umarmte er sie. Aber sonderbar: Er spürte die Borke, den Baum mehr als die junge Frau, die ihm wie die Venus des Himmels entgegenglühte. Er dachte immer an den Baum: Was für ein Baum ist das wohl? Ein Baum, wie Katharina einer gewesen war, ehe er mit dem Schwert sie zum Menschen geschlagen? Er griff nach oben, in die Äste. Er spürte eine Frucht. Es war ein Apfelbaum. Er riss die unreife Frucht herab und biss in das feuchte, sauersüße Fleisch. Herbst und Frühling sind mir noch einmal geschenkt. Gott, ich danke dir. Ich danke dir für dieses Leben. Vielleicht ist es bald vorbei. Was tut es? Es war schön und schrecklich. Es war voller Schmerzen, voller Sorgen, voll Not und Ekel. Aber es war auch voll Glanz und Glück, so voll von Glück, dass mir das Herz springt und hüpft wie ein Tänzer, denke ich daran. Es war gut so, Gott. Du schenkst mir noch einmal Herbst und Frühling, Pomona, goldne Göttin. Der Baum hier: reift. Und dieses junge Geschöpf hier: blüht. Es blüht wie ein Apfelbaum im Frühling: weiß und rosenrot.

»Was denkst du?« sprach Ute. »Du sollst nicht denken. Sonst werde ich eifersüchtig auf deine Gedanken.«

Ja, er dachte zuviel. Das war verteufelt. Sie hatte recht. Ein schlimmes Zeichen. Er begann zu denken. Er wurde alt. Der Sommer war vorbei. Die Skabiose, die Balsamine, die Sternblume sind verblüht. Aber die gelbe Amaryllis, das Zeichen des Trotzes, ist geblieben. Ich lasse mich nicht unterkriegen. Blüht auch in den Augen dieses schönen Wesens schon die Samtblume, das Symbol des Betruges – was tut es? Belladonna: Schöne Dame, heißt die giftigste aller Blumen … Wiesenzeitlose, zu meinen Füßen: Du deutest mir Wahrheit und Ewigkeit: Dein Same reift erst im kommenden Frühling. Wiesenzeitlose, mein Herz.

Ute wurde ungeduldig. Sie schlang die Arme um seinen Nacken. Er küsste ihre sanften Lippen. Und eingedenk des alten Virgil: Phyllis amat corylos: Phyllis liebt die Haselnüsse – zog er sie in ein Haselgesträuch, das am Gartenrand seit Jahrhunderten die Liebenden zu zärtlicher Einkehr lockt. Wie er das Gebüsch auseinanderbiegt, klingen die Haselnüsse wie kleine Glocken.

Winter wurde und Frühling und Sommer und wieder Winter.

Pjotr kam von einer Besichtigung der olonezischen Eisenhütten, der Salzwerke zu Staraja-Ruß. Er gedachte noch den Eisenhammer und die Gewehrfabrik zu Lysterbek zu kontrollieren. In Lachta rettete er einen Knaben vom Tode des Ertrinkens. Fieberschauer befielen ihn noch am gleichen Tag. Er kehrte in Eilposten nach Moskau zurück.

Pjotr wand sich in Schmerzen. Diese verfluchten Nierenschmerzen. Dieses Brennen im Unterleib, als wären Fackeln darin entzündet. Auch die Blase wollte nicht mehr laufen. Herrgott im Himmel: Ich habe dich am Sonnwendfest zu früh gelobt. Ein sanfter, milder, ein honigsüßer Gott bist du: Du hast uns mit Pestilenz und Franzosenkrankheit geschlagen und kümmerst dich Gott den Teufel darum, was aus denen wird, die du in die Welt gesetzt hast. He, war ich nicht ein starker Wolf, ein Bär, der die Mädchen in seinen Pranken erdrückte und Glas wie Grießbrei fraß? Was bin ich denn jetzt? Wer hätte gedacht, dass dieser kleinen Ratte Ute Biss giftig sei? Ich bin hilflos wie ein Maulwurf bei Tag und krümme mich wie ein Regenwurm. Warum hast du im Urwald der Lust die giftige Viper der Krankheit versteckt, die nicht Franzosen-, die Gotteskrankheit heißen sollte? Was können die armseligen Franzosen dafür? Aber du kannst dafür. Du hast zugelassen, dass sie mich in die Ferse stach. Du sitzest namen- und herzlos wie der Held von Kiew auf deinem Thron von Lapislazuli, anzusehen wie ein Diamant: klar und durchsichtig glänzend.

Ich aber bin so trübe. Ich weiß, ihr habt eine Stafette zu Boerhave nach Leyden geschickt. Er wird zu spät kommen. Ich kann mir selbst nicht helfen. Wie könnte es dann ein anderer?

»Holt meinen Feind, den Mönch Golowin.« –

Sie brachten ihn.

Potapoff begegnete ihm im Flur. Er bekreuzte sich. Es ging zu Ende. Der fremde Pilger kam, den Helden von Kiew heimzuholen. Er nahm ihm das Schwert aus der Hand, das er ihm einst gebracht hatte, die Schlangen- und Drachenbrut zu bekämpfen. Er hatte es rühmlich geschwungen wie einst Gabriel das Flammenschwert gegen Luzifer. Aber ach: Der Schlangen und Drachen waren zu viele. Schlug man einem Drachen den Kopf ab, so wuchsen ihm zwei nach. Zerhieb man eine Schlange in zwei Teile, so wurde jeder Teil eine neue ganze Schlange.

Der Mönch verneigte sich vor Pjotr.

An Pjotrs Lager standen wie zwei Erzengel Katharina und Menschikow.

Pjotr stöhnte:

»Setz dich auf mein Bett. Es geht mir nicht gut. Ich will beichten. Erteile mir die Absolution und den Segen. Ich will dir beichten. Vier Worte, Bruder: Es war alles umsonst. Alles, was ich erstrebt, gelebt, gewebt wie einen kunstvollen persischen Teppich: Es war umsonst. Schon knüpfen sie daran, den Faden zu lösen. Was ich baute, zerfällt schon wie ein Kartenhaus. Ich habe Russland groß gemacht: Sie können Größe in keiner Form vertragen. Ehemals hieß es: Russland liegt weit hinten in Asien, seine Bevölkerung ist roh, die Wege beschwerlich; es lohnt nicht, Handel mit ihm zu treiben. Und jetzt? Man reißt sich um unsere Produkte. Die Posten, die ich gründete, sind überfüllt. Man achtet uns in Europa und in der Welt. Aber sie pfeifen auf Ehre und Achtung, wenn sie nur genug zu fressen haben. Was ich ihnen gelehrt, das beeilen sie sich schleunigst zu vergessen. Ich habe höhere und niedere Schulen, geistige und technische Hochschulen gebaut: Sie gehen auf der einen Seite hinein, auf der ändern hinaus, als wäre nichts gewesen. Sie haben Lesen gelernt, aber sie sind Analphabeten geblieben. Was ist aus den Leibeigenen geworden, denen ich die Freiheit geschenkt? Sie wussten mit ihrer Freiheit nichts anzufangen, verkauften sich selbst wieder und versoffen ihren Erlös. Wer vermag etwas gegen Gott und Nowgorod? Ich habe Minister und Generäle aufgehängt. Die Minister und Generäle stehlen noch immer und sind noch immer bestechlich. Selbst Menschikow, mein Herzenssöhnchen, hat mich belogen, betrogen und bestohlen. Warum hast du mir damals so dringend und plausibel von der Eroberung Schwedisch-Pommerns abgeraten, Söhnchen, wodurch ich doch deutscher Reichsfürst mit Sitz und Stimme im Deutschen Reichstag geworden wäre? Weil du mit zwanzigtausend Dukaten bestochen worden bist von meinen Feinden. Schweig, Menschikow, ich rede die Wahrheit. Aber soll ich auf meinem Totenbette vielleicht auch dich noch aufhängen? Ich bringe es nicht übers Herz, weil ich dich liebe, und vielleicht ist's eine Dummheit. Ich dachte, die Kultur, die einmal von Griechenland nach Italien, von Italien nach Frankreich, von Frankreich nach Deutschland gewandert war, sie würde nun nach Russland wandern und ich könnte ihr den Weg ebnen. Deshalb rief ich die Deutschen, Franzosen, Italiener ins Land. Sie sollten mir helfen. Man hasste die Fremden, weil sie mehr verstanden als wir und weil man von ihnen lernen sollte. Man hasste sie, wie der dumme Schüler der Klippschule den Lehrer. Ich verlangte zuviel: von mir und den andern. Mönch, Mönch, ich hätte dir damals im Park von Preobraschensk den Dolch nicht aus der Hand schlagen sollen. Vielleicht wäre uns allen wohler.«

Pjotr fiel in die Kissen zurück. Er ächzte: »Erkennt an mir, welch ein trauriges Geschöpf der Mensch ist.«

Der Mönch murmelte lateinische Gebete.

Pjotr richtete sich noch einmal auf: »Mönch, zieh dir deinen Rock aus.«

Der Mönch stand auf und streifte ihn schweigend ab.

Katharina sah seinen braunen Rücken. Dieser Mönch gefiel ihr. Sie würde gelegentlich an ihn denken.

»Wo hast du die Knute, Zar?« sagte der Mönch. »Schlag zu!«

Pjotr schüttelte den Kopf und lächelte:

»Ziehe mir den Rock des Mönches an!«

Da wussten sie, dass seine letzte Stunde geschlagen. Denn seit es Zaren gibt, werden sie im Mönchsgewand als einfache, fromme Pilger zu Grab getragen.

Menschikow und Katharina halfen ihm in die Kutte. Er seufzte.

»Menschikow, Tinte und Feder und Papier. Setz dich hierher: Schreib mein Testament. Oder lass den Mönch es schreiben. Bist du bereit, Mönch?«

»Ich bin's.«

Pjotr suchte nach Worten:

»Ich will –«

Er fiel tot hintenüber.

Katharina, Menschikow, der Mönch knieten nieder und beteten.

Der Mönch stand auf. Er wollte gehen. Da bemerkte er, dass er keinen Rock anhabe. Er sah sich um. Der Rock des Zaren lag über dem Stuhl am Bett. Er zog ihn an.

Als er durch den Palast schritt, kamen von allen Seiten Adlige auf ihn zugelaufen,

»Wie steht es, Väterchen?«

Der Mönch hob wagerecht den Arm:

»Es ist vollbracht.«

Da sahen sie den Rock des Zaren an seinem Leib.

Ein Haufe wogte auf ihn zu, zog den Degen. »Du trägst seinen Rock, er hat sich zu dir bekehrt, der sein bitterster Gegner war. So ist es sein Vermächtnis. Sei du unser Zar, Heiliger Vater, Zar und Patriarch. Unser Land hat keinen Zaren, unsere Kirche keinen Patriarchen mehr.«

Der Mönch fuhr zurück. Eine hektische Röte schoss in seine Stirn. Da war sie, die weltliche Versuchung. Der Versucher trat an ihn heran in Gestalt jenes hinkenden Adligen mit dem schiefen umbuschten Blick. Der Versucher sprach: »Du trägst des Zaren

Kleid, hier ist des Zaren Schwert. Greif zu, und das Reich der Welt ist dein. Lass dir huldigen, Herr.«

Der Mönch umkrampfte das Elfenbeinkreuz, das ihm vom Hals herniederhing. Dann riss er sich des Zaren Rock herunter. Der hinkende Adlige griff danach wie Madame Potiphar nach Josefs Rock. Der Mönch floh mit abgewandtem Gesicht.

Sie sahen ihm verdutzt nach, als Katharina in schwarzem, hochgeschlossenem Samtkleid den Korridor entlang geschritten kam. Menschikow ging hinter ihr. Sie blieb stehen:

»Seine Majestät der Zar, Gottes Schlüsselträger und Kammerherr, ist soeben nach Empfang der heiligen Sterbesakramente selig im Herrn eingegangen. Ich bitte die Herren vom Adel, vom Senat, von der Priesterschaft in den Audienzsaal.«

Menschikow ließ sofort alle Ausgänge des Schlosses und die wichtigsten Punkte der Stadt mit den ihm unbedingt ergebenen Garden besetzen.

Katharina stand vor dem Thronsessel. Menschikow neben ihr. Er hielt ein Pergament in der Hand und las mit blecherner, hämmernder Stimme:

»Es ist mein letzter, unverbrüchlicher Wunsch und Wille, ich will, dass mein geliebtes Weib Katharina in alle meine Rechte und Pflichten als Zarin und Herrscherin aller Reußen tritt.

Gezeichnet Pjotr I., Moskauer Stadtpalast, in der Nacht von 7. zum 8. Februar 1725 der neuen Zeitrechnung.«

Menschikow, als oberster Magnat, überreichte ihr kniend Reichsapfel, Zepter und Krone. Sie setzte sich die Krone selbst aufs Blondhaupt.

Die Degen der Adligen fuhren aus den Scheiden, der Senat schwenkte die Kappen, die Priester hoben segnend die Hände:

»Lang lebe Katharina, unsere allergnädigste Zarin und Herrin!«

Im Hintergrund, inmitten der Priesterschaft, einen Kittel übergezogen, den er sich bei einem Gärtner verschafft hatte, stand Golowin, der Mönch. Ihm sausten die Schläfen. Das Weib da vorne auf dem Throne, war es nicht die, von der prophezeit worden war, die große Hure von Babylon? Mit welcher gehurt haben die Könige auf

Erden, und sie sind trunken geworden von dem Wein ihrer Hurerei! Wehe! Der Untergang ist uns allen nahe.

Katharina erkannte ihn. Sie winkte ihn zu sich heran.

»Dies ist der fromme Vater, der dem Zaren die Beichte abgenommen und seinen letzten Willen aufgezeichnet hat. Ist es nicht so, heiliger Vater?«

Der Mönch starrte entsetzt auf Katharinas Schönheit und murmelte zerbrochen wie ein allzu dünnes Glasgefäß und widerstandsunfähig:

»Es ist so –«

»Es war der Wunsch des Zaren, dass er den Patriarchenstuhl unserer heiligen Kirche, der so lange verwaist gestanden, besteige. Lang lebe Golowin, der Archimandrit und Metropolit von Moskau!«

Und wieder klirrten die Schwerter:

»Er lebe!«

Menschikow war an ein Fenster getreten. Er sah auf den Roten Platz herunter, wo im Schneegestöber schweigend und dumpf das Volk auf die Proklamation des neuen Zaren wartete.

Als die Träger mit dem Sarge die große Freitreppe herunterschritten, glitten sie auf dem Glatteis, das sich gebildet hatte, aus. Der Sarg entschlüpfte ihnen, fiel auf die Kante einer Treppenstufe, sprang auf, und der Leichnam Pjotrs rollte, schon blaugedunsen, die ganze Treppe herunter, wo er, das Gesicht nach unten, liegen blieb, die in Totenstarre verkrampften Fäuste in die Erde gestemmt und sich noch im Tode an die geliebte, die gehasste Erde klammernd.

In der Kathedrale staute sich das Volk. Vor der Bilderwand mit den drei Türen gruppierten sich die Chorsänger. Hinter der Bilderwand im verborgenen lasen sieben Priester dem Zaren die Totenmesse.

Kleine Glocken klingelten.

Unter Kerzenschein wurde das Evangelienbuch ins Volk getragen.

Dann vollzog sich die Passion, die große Mystagogie hinter verschlossenen Türen: Leben, Leiden, Tod, Auferstehung des Herrn.

Räucherkerzen dufteten. Glocken läuteten. Fackeln flammten.

Golowin, der neue Patriarch, trug in erhobenen Händen den im Sakrament gegenwärtigen Christus durch die Mitteltür auf die Tenne und wies ihn dem Volk.

Alles fiel auf die Knie.

Er reckte das Sakrament verzweifelt hoch, noch höher.

Verbrannten seine Finger nicht, die es zu tragen wagten? Schlug nicht ein Blitz in seine frech erhobene Stirn? Öffnete sich die Erde nicht, ihn, den Verräter an heiligem Wort und heiliger Tat, zu verschlingen? Hatte er nicht einst geschworen, das verfluchte zarische Werk auszurotten bis auf den Grund wie das Haus Ahabs und Isabels? Hatte er nicht heilige Kirchen ihres weltlichen Gutes beraubt, ihrer Edelsteine und Perlen, hatte er nicht silberne und goldene Kirchengefäße entwendet und sie einschmelzen lassen, um Mittel zum Kampf gegen den Antichrist in die Hand zu bekommen? Wehe! Warf ihm nicht ein Sturmwind die Gelübde ins Ohr, die er einst gelobt? Zerschmetterte ihn nicht der Turm der Kathedrale mit steinerner Faust? Regierte nur Lüge auf der Welt, Gewalt, Brunst, Gräuel und Schandtat?

Ohnmächtig brach Golowin, der Patriarch, inmitten der heiligen Handlung zusammen.

Als Golowin erwachte, fand er sich im Schlafzimmer der Zarin.

Er lag auf einem seidenbezogenen Ruhebett. Die Zarin, in einem scharlachfarbenen Hausgewand, tief dekolletiert, neigte sich über ihn. Zwischen ihren Brüsten stieg ein süßer Geruch auf, der ihn betäubte. Sie hatte einen goldenen Becher in der Hand, voll Wein, den sie ihm bot.

Er starrte sie an.

Und er gedachte der göttlichen Prophezeiung: Das Weib war bekleidet mit Scharlach und Perlen und hatte einen goldenen Becher in der Hand ...

Zwischen ihren Brüsten hing, an einer Elfenbeinkette, der Gekreuzigte.

Er richtete sich auf und küsste das Kruzifix, bis seine Lippen sich plötzlich seitwärts wandten und brennend an Katharinas Brust haften blieben.

Es war Nacht.

Golowin taumelte, trunken vom Wein der Liebe, in die Kathedrale zurück.

Da stand im grellen Mondlicht schwarz der Sarkophag des Zaren. Er riss das Leichentuch vom Sarg, warf sich über ihn, umkrallte ihn mit seinen Händen, schlug die Zähne in das Eschenholz, als wolle er ihn aufreißen.

»Steh auf, Gesalbter. Kehre zurück. Hilf uns. Lass die Nagaika sausen. Zu milde noch ist sie für uns Hundesöhne. Wir haben dich missachtet und verkannt. Verzeih uns. Abbadon bin ich, der Engel aus dem Abgrund. Rauch und Schwefel fährt aus unserm Munde. Wir sind verworfen in alle Ewigkeit.«

www.ingramcontent.com/pod-product-compliance
Lightning Source LLC
Chambersburg PA
CBHW020810020726
47495CB00008B/2669